Markus Schmidt

Denn es kommt anders als man denkt

Markus Schmidt

Denn
es
kommt
anders
als
man
denkt

Dana Verlag

Schmidt, Markus
Denn es kommt anders als man denkt
Osnabrück, Dana Verlag 1994

ISBN 3 - 9801976 - 8 - 9

1. Auflage Juni 1994

Titelbild / grafische Gestaltung: Wilfried Hoffmann
Herstellung: Fuldaer Verlagsanstalt, Fulda
- Inhalt gedruckt auf 100% Recyclingpapier -

Wir alle erkennen Wahrheiten dann,
wenn wir sie erkennen können.
(Doris Lessing, Die sirianischen Experimente)

“ Die Wahrheiten sind Illusionen
von denen man vergessen hat,
das sie welche sind.”
(Nietsche)

Harry fuhr die Straße entlang und schreckte plötzlich aus seinen Gedanken auf. Er hatte ein seltsames Geräusch gehört. Ein Geräusch, das klang, als ob eine Holzkugel auf Marmorboden fällt oder als ob jemand mit der flachen Hand auf ein leeres Holzfaß schlägt. Es war ein ungewöhnliches Geräusch, und ein Comic-Texter hätte vielleicht Chuck oder Bok ins Bild geschrieben.

Das Geräusch gehörte auf jeden Fall nicht zum Standardrepertoire von Harrys Auto, soviel war klar; denn Harry kannte alle Geräusche, die sein zwölf Jahre alter roter Fiat normalerweise von sich gab.

Er überlegte, was es gewesen sein konnte. Hatte es vielleicht wie ein geplatzter Kühlerschlauch oder wie eine gebrochene Radaufhängung geklungen? Harry lauschte, aber der Motor gab nur die Art Lärm von sich, der normalerweise die letale Phase eines Motors kennzeichnet und der für Harrys Wagen das Normalgeräusch darstellte. Wieder einmal philosophierte Harry, ob sein Auto wohl einen eigenen Willen oder eine sadistische Ader hatte und weshalb es immer dann streikte, wenn er es besonders eilig hatte, so wie gerade jetzt, denn Harry hatte am Vorabend zusammen mit einem Freund wieder einmal versucht, den letzten ungelösten philosophischen Rätseln auf die Spur zu kommen. Das Ergebnis war erwartungsgemäß wenig berauschend gewesen, die Wirkung der beteiligten zwei Flaschen Rotwein um so mehr, und so war Harrys Wecker am nächsten Morgen bei seinem Versuch, ihn in die allgemein anerkannte Realität zurückzuholen, bedauerlicherweise erfolglos geblieben. Statt seinen Braun Voicecontrol wie üblich mit einem verschlafenen Grunzen für fünf Minuten zu unterbrechen, hatte Harry ihn im Halbschlaf einfach abgestellt.

Als er dann eine Stunde später aufgewacht war, hatte ein Blick genügt, um ihn sofort hellwach zu machen, wenig später ungekämmt und außer

Atem ins Auto zu steigen und loszufahren.
Das war vor zehn Minuten gewesen.
Nun wartete Harry gespannt, ob sich das Geräusch wohl wiederholen würde, aber sein Auto tat, als ob es kein Wässerchen trüben könnte.
Harry beschloß, die Sache zu ignorieren. Wahrscheinlich hatte er sich einfach nur getäuscht und konzentrierte sich wieder auf die Straße.
In diesem Moment schießt sein Adrenalinspiegel steil in die Höhe und Harry verkrampft sich. Er hat vergessen, auf die Straße zu achten und befindet sich jetzt in der Mitte der Fahrbahn. Zwanzig Meter vor ihm schießt ein Porsche um die Kurve.
Harry reißt das Steuer nach rechts, der andere Wagen tut das gleiche, die Zeit bleibt stehen, und alles bewegt sich wie in zähem Öl.
Harry hat alle Zeit der Welt.
Er sieht, wie sich der Himmel und die Wolken in der Windschutzscheibe des anderen Wagens spiegeln. Er fragt sich, wieso ausgerechnet hier Büsche stehen und die Sicht verdecken. Selbst das besondere Nummernschild des dunkelblauen Porsche fällt ihm auf, es hat - passend zum Modell -die Endnummer 911.
Nur quälend langsam ändern beide Autos ihre Richtung, sie kriechen millimeterweise aufeinander zu, umschleichen sich wie Katzen, streifen sich für einen endlosen Sekundenbruchteil und tauschen Lack und Metallspäne aus. Dabei machen sie ein kreischendes Geräusch, das Harry eisige Kälte den Rücken hochlaufen läßt. Die Welt ist ein surrealistisches Bild, alles ist überdeutlich und doch stimmt nichts. Während sich die Autos trennen und weiterfahren, kommt die Zeit zurück.
Harry hat das Gefühl, als ob der Wagen beschleunigt, die Landschaft um ihn herum, die eben noch ruhig und klar war, fliegt wie ein bunter Schatten an ihm vorbei, er sieht tatenlos zu, wie sein Fiat von der Straße abkommt, wie er einen Begrenzungspfosten aus der Verankerung reißt und wie er durch zwei Fliederbüsche bricht.
Die Zeit ist wieder normal, das Öl aus der Luft verschwunden, hinter den Büschen freies Feld, der Wagen überschlägt sich, der Sicherheitsgurt schneidet in Harrys Schulter, und während das Auto noch in der Luft ist, schlägt Harry mit der Stirn irgendwo hart an. Schmerz explodiert in seinem Kopf, und eine jahrtausendealte Schutzfunktion übernimmt die Kontrolle.
Harry hört nicht mehr, daß zwei Reifen mit lautem Knall platzen, als der Wagen krachend landet und liegen bleibt.

Harry heißt eigentlich Harald Wolf. Sein Spitzname stammt noch aus seiner Schulzeit und ist ihm bis heute erhalten geblieben. Harry wollte damals zwar lieber Eagle oder Lion heißen, aber solche Spitznamen bekamen nur die Chefs der verschiedenen Jugendbanden, die zu dieser Zeit schon genügend Macht und Respekt hatten, um so etwas durchzusetzen. Harry war dagegen einer, der nie Macht hatte, weil er sich aus dem Bandengeschäft und den Schlägereien konsequent heraushielt. Deshalb mußte er den Spitznamen nehmen, den er bekam.

Genaugenommen hätte es ihm schon gereicht, wenn man ihn wenigstens amerikanisch, also Härry, gerufen hätte, aber selbst damit kam er nicht durch. Also wird er, seit er sich erinnern kann, Harry genannt, und es gibt nicht wenige Bekannte, die ihn nur unter diesem Namen kennen. Inzwischen gefällt ihm das auch gar nicht schlecht.

Solche doppelten Verneinungen sind eine von Harrys Spezialitäten. Jemand anderer würde vielleicht sagen, es gefällt ihm gut, aber Harry legt Wert darauf, anders zu sein als alle anderen. Er benutzt oft die doppelte Verneinung, er trägt fast immer Kleidung in abenteuerlicher Farbzusammenstellung, und er ißt manchmal Fisch mit Ahornsirup zum Frühstück. Es paßt zwar nichts zusammen, aber alles zusammen ergibt trotzdem irgendwie ein rundes Bild. Hauptsache eben anders.

Der Grund, weshalb sich Harry an diesem Morgen so beeilt hatte, war eine Vorlesung, die ihm die transzendentale Dialektik in Kants Kritik der reinen Vernunft nähergebracht hätte, ein Thema, das, wie er am Vorabend erwähnte, an Brisanz und Bezug zum täglichen Leben nur noch von den Statistikvorlesungen unterboten wurde. Harry hatte schon nach der Hälfte des ersten Semesters festgestellt, daß sein Studium der Philosophie und Psychologie völlig anders verlief, als er sich das vorher ausgemalt hatte. Nichts war mit Antworten auf die Frage nach dem Sinn des Lebens, des Universums und überhaupt allem.

Statt dessen ertrug er seit zwei Jahren stoisch einen endlosen Strom von Theorien und deren Bewertung durch Professoren, die, was das praktische Leben betraf, im günstigsten Fall als inkompetent einzustufen waren. Harry hatte enttäuscht festgestellt, daß der Schwerpunkt eines Studiums im Theoretischen und nicht im Praktischen liegt, und so wie viele seiner Studienkollegen brach er nur deshalb nicht ab, weil er nicht als Versager dastehen wollte, vor allem nicht vor sich selbst. Außerdem hätte er damit indirekt seinen Eltern recht gegeben, die von vornherein gegen dieses Studium gewesen waren.

Es spielte aber noch ein anderer wichtiger Faktor eine Rolle, nämlich das Image. Harrys Traum war es, betont lässig in Jeans und Turnschuhen herumzulaufen, über den Sinn des Lebens nachzudenken und sich von den

Leuten dafür bewundern zu lassen, daß er Doktor der Philosophie sei. Er hatte schon eine recht genaue Vorstellung davon, wie er mit seinem tragbaren Computer in Szene-Cafés sitzen und Bücher schreiben würde und wie man sich hinter seinem Rücken „Der Typ da hinten ist übrigens Philosoph" zuflüstern würde. Statt Harry würden ihn dann alle einfach nur noch Doc nennen.

Ein Augenpaar öffnete sich und starrte in strahlendblauen Himmel. Der Mensch, dem das Augenpaar gehörte, versuchte, sich auf diesen umverschämt blauen Himmel einen Vers zu machen, kam aber vorerst zu keinem Ergebnis und zählte der Einfachheit halber die Wolken. Eins - zwei - drei - vier - fünf - sechs - sieben - acht - neunhundertelf - ein Porsche - zwei Fliederbüsche - dieser fürchterliche Schmerz im Kopf - Dunkelheit.

Er hatte diesen Unfall gehabt!

Offensichtlich hatte er überlebt.

War er verletzt? Harry war nicht sicher, ob er das herausfinden wollte, und blieb erst einmal liegen. Ob er ein steifes Bein davontragen oder den Rest seines Lebens im Rollstuhl verbringen würde? Oder war er wie durch ein Wunder unverletzt geblieben? So etwas sollte es ja geben. Er kam zu dem Ergebnis, daß er selbst herausfinden mußte, wie er den Unfall überstanden hatte. Er probierte erst einmal, die Hände zu bewegen. Sie schienen normal zu sein. Auch seine Beine spürte er, und sie gehorchten ihm, wie er es gewohnt war. Nach weiteren vorsichtigen Versuchen wagte er, sich langsam aufzusetzen, und befühlte seine Knochen. Alles war in Ordnung, er hatte nur ein leichtes Brummen im Kopf.

Also ein Wunder!

Gott hilft anscheinend auch Atheisten.

Harry sah sich um. Er lag in einer Wiese. Links neben ihm war die Straße, die sich in sanften Bögen ins Tal hinabschlängelte, hinter ihm zwei ramponierte Fliederbüsche und sein schrottreifes Auto. Rechts sah er eine kleine Anhöhe, über ihm zogen Wattewolken wie aus einem Bilderbuch vorbei, und vor ihm stand eine weiße Maus im Laborkittel.

Eine - weiße - Maus - im - Laborkittel.

„Junge, Junge, du siehst aber ganz schön mitgenommen aus", sagte die Maus.

„Jetzt bin ich übergeschnappt", schoß es Harry durch den Sinn - eine durchaus naheliegende Folgerung, wenngleich nicht besonders kreativ.

Weil ihm nichts Besseres einfiel, fragte er: „Wie meinst du das?"
„Nun, soweit ich informiert bin", erklärte die Maus, „ist es für Menschen kein gutes Zeichen, wenn sie bewußtlos in der Wiese liegen und ihnen Blut übers Gesicht läuft."
Erschrocken fuhr Harry mit der Hand über die Stirn und fand seine Finger tatsächlich rot. Hastig zog er ein Taschentuch heraus und wischte sich damit das Blut aus dem Gesicht. Die Maus sah ihm dabei aufmerksam zu.
Das Tier irritierte ihn, und er versuchte vergebens, sich daran zu erinnern, was er im Erste-Hilfe- Kurs über die Behandlung von Schock gelernt hatte.
„Hast du Hunger?" fragte die Maus.
Harry nickte. Er hatte am Vorabend nichts gegessen und war morgens in der Eile ohne Frühstück losgefahren.
Die Maus holte eine kleine Glocke aus einer Manteltasche und läutete. Hinter einem Baum erschien ein Mann mit schwarzer Hose, blütenweißem Hemd und Fliege. Er brachte ein Tablett mit Brot, Käse und etwas Speck, stellte alles vor die beiden auf den Boden, wünschte Guten Appetit und verschwand.
„Gut erzogen", murmelte die Maus und sagte zu Harry gewandt: „Ich heiße übrigens Napoleon."
Harry schoß eine Szene aus seinem Lieblingsbuch durch den Kopf. Dort trifft der Held nach einer aufregenden Odyssee durch den Weltraum auf einige Mäuse und erfährt, daß sie die wahren Herrscher der Erde sind und daß sie mit den Menschen wahnsinnig komplizierte Versuche anstellen. Sie haben zum Beispiel Wissenschaftler darauf dressiert, ihnen Futter zu bringen, wenn die Mäuse eine kleine Klingel betätigen, wobei die Menschen das in totaler Verkennung der wirklichen Situation völlig anders sehen.
„Iß!" sagte die Maus und nahm sich ein Stück Speck vom Tablett. Harry war nun ganz sicher, übergeschnappt zu sein. Wahrscheinlich war er mit dem Kopf zu hart aufgeschlagen, als er aus dem Auto geflogen war. Aber was sollte er nun tun? Nachdenklich kaute er ein Käsebrot.
„Seid ihr etwa wirklich die Herren der Welt?" fragte er endlich.
„Quatsch", antwortete die Maus, die offenbar genau wußte, woran er dachte. „Dieser Adams hat sich in seinem Buch leider etwas unglücklich ausgedrückt. Das hier ist alles nur ein Spiel. Jeder sieht die Sache so, wie es ihm Spaß macht. Niemand ist der Herr von niemandem."
Die doppelte Verneinung war zwar falsch, aber Harry als Spezialist für diese Konstruktion hielt es trotzdem nicht für angebracht, die Maus darauf hinzuweisen. Statt dessen sagte er nur: „Ah?"

„Nun", Napoleon nagte weiter an seinem Stück Speck, während er sprach, „in Wirklichkeit sind weder irgendwo Mäuse gefangen, noch bringen hier Kellner auf Signal das Essen."
„Sondern?"
„Nun, wie gesagt, das Ganze ist eine Art Spiel. Es geht darum, Spaß zu haben oder etwas Neues auszuprobieren, oder am besten natürlich beides. Die Welt ist nicht so festgelegt, wie du denkst, da ist für jede Seite ein großer Interpretationsspielraum. Da ist die eine Sicht so wahr oder unwahr wie die andere."
Harry überlegte. „Klingt irgendwie nach konstruktivistischer Philosophie?"
„Konstruktivismus auf Basis einer minimalen objektiven Welt, wenn du so willst", lachte Napoleon.
„Wenn du meinst."
„Keine Angst, das wird hier nicht so trocken wie in deinem Studium", sagte die Maus und fuhr mit einem Augenzwinkern fort: „Ich muß dich jetzt aber leider verlassen, ich habe heute noch einige wichtige verhaltenspsychologische Experimente."
Sie stand auf und trippelte davon. Dann blieb sie noch einmal stehen, drehte sich um und sagte: „Ach ja, nimm es nicht so tragisch!"
„Was soll ich nicht so tragisch nehmen?" fragte Harry. Irgend etwas sagte ihm, daß sie nicht die Tatsache meinte, daß sie ging.
„Na, das mit dem Sterben!" antwortete die Maus und war verschwunden.
„Hey, was heißt hier sterben?" rief ihr Harry hinterher, aber er bekam keine Antwort.
Dann schüttelte er den Kopf, murmelte „so was" und starrte ratlos in die Landschaft. Dabei fiel sein Blick auf die Überreste seines Autos. Und was er dort sah, gefiel ihm ganz und gar nicht.

Harry war in diesem Moment nicht der einzige, der etwas sah, was ihm nicht gefiel. Joe war eben erst nach Hause gekommen und hatte es sich bei einer Tasse Tee gemütlich gemacht, als es klingelte. Sie öffnete die Tür und hatte zwei junge Männer in Anzug und Krawatte vor sich. Beide waren jünger als Joe, etwa Anfang zwanzig. Sie hatten kurze Haare und sahen damit wie Absolventen der Harvard Businesschool oder wie - „Mist!" fluchte Joe innerlich und ahnte die nächsten Worte die der Ältere dann auch aussprach.

„Dürfen wir uns mit Ihnen kurz über die Bibel unterhalten, gnädige Frau?"

Johanna Wild hatte ihren Spitznamen als Anerkennung bekommen und war, anders als Harry, von Anfang an damit zufrieden gewesen.

Ihre sehr christlichen Eltern hatten ihre Tochter Johanna getauft, damit sie genauso stark werden möge wie die heilige Johanna, und dieser Wunsch war auf etwas eigenwillige Weise auch in Erfüllung gegangen. Joe machte ihrem Namen schon als kleines Kind alle Ehre, zum Verdruß der Eltern allerdings nicht dem Vor-, sondern dem Nachnamen.

Sie ließ keine Gelegenheit aus, um irgend etwas anzustellen, und die Verwandten nannten sie bald nur noch die wilde Johanna. Sie faßte das wohl als Kompliment auf, denn von da an verdoppelte sie ihre Anstrengung, um diesen Beinamen wirklich zu verdienen. Sie war der Schrekken des Kindergartens, in der Schule traute sich bald niemand mehr, sie zu ärgern, denn sie prügelte sich bei Bedarf auch bedenkenlos mit Jungen.

Bei denen war sie teils respektiert, teils gefürchtet, und nach einer Mutprobe, bei der sie mit drei Jungen Zigaretten geraucht hatte, bis ihnen schlecht war, waren alle überzeugt, daß sich die Eltern und der Pfarrer bei der Taufe geirrt hatten. Es war beschlossene Sache, daß sie einen Männernamen bekommen mußte, und es wurde geplant, sie in einem feierlichen Akt im See zu taufen.

Joe hatte allerdings eigene Vorstellungen von dieser Zeremonie und änderte spontan und ohne Absprache die Tagesordnung. Sie warf zwei der Täufer ins Wasser, und diese Aktion wurde nach kurzer Beratung als Ersatz akzeptiert, nicht zuletzt, weil keiner genug Mut hatte, einen neuen Versuch zu unternehmen. Seit diesem Tag heißt sie nur noch Joe.

Danach hatte sie einen fast legendären Ruf. Sie spielte Fußball, zerlegte Radios und wollte mit zwölf einen Computer.

Ihre Eltern fragten sich manchmal, was sie falsch gemacht hatten.

Die beiden Typen vor Joes Tür fragten sich noch nicht, was sie falsch gemacht hatten, aber das sollte sich ändern. Joe war an diesem Morgen nicht gerade guter Laune, und die beiden hatten es geschafft, innerhalb

weniger Sekunden gleich mehrere unverzeihliche Fehler zu begehen.
Sie beim Teetrinken zu stören, war gerade noch zu entschuldigen, denn das konnten sie schließlich nicht wissen.
Schlimmer war, mit Anzug, Krawatte und derart dämlichen Gesichtern vor der Tür zu stehen und die Bibel zu erwähnen. Dafür konnten sie etwas.
Joe zu allem Überfluß auch noch „gnädige Frau" zu nennen, damit bewegten sie sich haarscharf am Rande einer handfesten Auseinandersetzung.
Kurz gesagt, die beiden hatten, ohne es zu wissen, ein Problem.
„Aber bitte schön, kommt doch rein!" sagte Joe.

Harrys Auto hatte auch ein Problem. Er sah aus, als ob es sich überschlagen hätte, was auch stimmte. Das Dach war eingedrückt, die Seiten waren beträchtlich verschrammt, und außerdem stand die Fahrertür in abenteuerlichem Winkel offen.
Aber all das war nicht der Grund, weshalb Harry jetzt kalkweiß und mit weichen Knien auf sein ehemaliges Fahrzeug starrte.
Durch die zersplitterte Windschutzscheibe sah Harry einen Mann. Er war wahrscheinlich mit dem Kopf aufs Lenkrad geschlagen, denn er hatte eine Wunde auf der Stirn, aus der Blut übers Gesicht geströmt war. Er war noch angeschnallt, hing aber schlaff nach vorn geneigt im Gurt. Er sah bewußtlos aus. Oder tot. Und er sah aus wie Harry.
Harry schluckte schwer. Seine Knie schienen unter ihm wegzusacken, ihm wurde schwarz vor Augen, und plötzlich sah er Ereignisse aus seinem Leben vorbeiziehen. Seine erste Freundin, die Entscheidung fürs Studium, der Moment, als er damals Selbstmord begehen wollte, und viele andere Situationen aus seinem Leben liefen an ihm vorüber. Aber statt wie das Replay eines Films zu wirken, schienen sie lebendig zu sein, Entscheidungen teilten sich und spielten die möglichen Alternativen durch. Harry sah sich mit Situationen konfrontiert, die nicht aus seinem Leben stammten, die er aber erlebt hätte, wenn er sich an bestimmten Punkten anders entschieden hätte. Er sah, wann ihn seine Entschlüsse zu kreativen Entwicklungen, und wann sie ihn in Sackgassen geführt hatten.
Je länger dieser zeitlose Moment dauerte, desto mehr alternative Seitenarme seines Lebens durchlief er wie ein Schachcomputer, der alle möglichen Züge durchrechnet; so lange, bis Harry wirkliche Situationen kaum mehr von möglichen unterscheiden konnte. Er hatte mehr und mehr das Gefühl, daß diese Alternativen ein integraler Bestandteil sei-

nes Leben gewesen waren, den er einfach nicht beachtet hatte.
So hatte er sich das Sterben nicht vorgestellt.
Nach und nach wurde sein Kopf wieder klar.
Harry saß ratlos im Gras und starrte seinen toten Körper durch das Spinnennetz der Risse in der Scheibe an.
Ein Räuspern ließ ihn aufschrecken, und eine tiefe, getragene Stimme sagte: „Ich habe dich erwartet."
Harry sah auf. Vor ihm saß auf einem riesigen Thron ein Mann mit grauen Haaren, langem Bart und einer Robe, die schon vor hundert Jahren unmodern gewesen wäre.
Der Mann deutete auf einen Stuhl zu seiner Rechten und sagte: „Nimm Platz."
Harry weigerte sich zu glauben, was er sah. Er hatte eine Horrorvorstellung vom Himmel, in der alle Toten zur Rechten Gottes Platz nehmen, Harfe spielen und Lieder singen müssen, und er war fest entschlossen, das zu vermeiden, wenn es sich irgendwie einrichten ließ. Er hielt nichts von dauerndem Herumsitzen und war außerdem absolut unmusikalisch.
Ungläubig starrte er den Mann an, und er hatte das dringende Bedürfnis, sich einfach umzudrehen, zu gehen und zu sagen: „Sorry, ich habe jetzt keine Zeit, vielleicht sehen wir uns später."
Nach einer Sekunde der Unentschlossenheit fragte er statt dessen: „Bin ich hier allein?" Er sah sich im Geiste schon in einer endlosen Reihe von Leuten sitzen, die sich rechts von Gott bis zum Horizont erstreckte.
„Du wirst die anderen noch früh genug kennenlernen", antwortete der Mann, „aber bitte setz dich."
Harry hatte den Eindruck, daß in der Stimme ein wenig Ungeduld mitschwang.
Er rechnete mit Ärger. Er war kein guter Christ gewesen, auf jeden Fall keiner, wie sich die anderen Christen, allen voran die Pfarrer, das vorstellten. Mit vierzehn, als alle anderen Kinder konfirmierten, hatten seine Eltern angeboten, ihm die Geschenke auch dann zu geben, wenn er sich nicht konfirmieren lassen wollte, denn er sollte bei der Frage, ob Kirche oder nicht, wirklich die freie Wahl haben.
Harry hatte diese Gelegenheit sofort beim Schopf gepackt. Erstens war er schon einige Jahre vorher zu dem Ergebnis gekommen, daß es ihm nicht lag, eine Wange hinzuhalten, wenn es darum ging, Schläge einzustecken, und zweitens hing mit der Konfirmation eine Menge Arbeit zusammen. Man mußte sonntags zur Kirche gehen, anstatt ausschlafen zu können, und einmal pro Woche war Unterricht beim Pfarrer, in dem man die Zehn Gebote und irgendwelche Lieder auswendig lernen mußte.

Kurzum, er konfirmierte nicht, trat dafür aus der Kirche aus, bekam seine Stereoanlage trotzdem und war mächtig stolz auf sich und seine Eltern.
Mit zwanzig hatte er Feuerbach, Nietzsche, Laotse und Douglas Adams gelesen und war zu dem Ergebnis gekommen, daß es Gott nicht gab oder daß er zumindest ganz anders war, als man gemeinhin annahm.
Damals hatte Harry eine Zeitlang ein Zitat von Woody Allen für den Gipfel der Erkenntnis gehalten: „Es gibt nicht nur keinen Gott, sondern versuchen sie einmal, am Sonntag einen Klempner zu bekommen."
Und jetzt saß da dieser Mann, ein Gott aus den schlimmsten Kindergeschichten. Wozu hatten sich Generationen von Philosophen Gedanken über Gott gemacht, wenn er doch so war, wie ihn sich jede Oma auf der Straße vorstellte? Da wäre ja selbst die Hölle noch eine Alternative.
Bevor er weiter darüber nachdenken konnte, mischte sich eine fremde Stimme ein. „Na, alter Freund, du scheinst den jungen Mann aber nicht besonders zu überzeugen", sagte sie. Hinter einem Baum war eine Gestalt mit einem langen, schwarzen Umhang hervorgekommen. Sie hinkte leicht.
„Was willst du denn hier?" rief Gott sichtlich verärgert und sagte zu Harry gewandt: „Setz dich jetzt endlich!"
„Tu es nicht!" rief der Mann in dem Umhang. „Oder willst du auf ewig auf einer Wolke herumsitzen und singen? Schau dir das an!"
Von einem Moment auf den anderen standen sie zu dritt in den Wolken, und die Luft war von leiser sakraler Musik erfüllt. In einiger Entfernung stand eine lange Schlange von Menschen, die darauf warteten, Manna zu bekommen. Auf einer Wolke sang eine Gruppe von Engeln mit verzückter Miene Kirchenlieder, und überall gingen Menschen mit lächelnden Gesichtern umher. Die Wolken waren so wattig, der Himmel so blau, die Menschen so heilig und die Musik so himmlisch, daß es einfach von keinem Kitschfilm zu überbieten war.
Ohne Vorwarnung verschwand die Illusion.
Harry versuchte, so vorsichtig wie möglich zu sein. Er hatte nicht vor, sich auf Experimente einzulassen, die eine Ewigkeit dauern. „Was wäre denn die Alternative?" fragte er.
„Laß dich nicht mit ihm ein, er hat bisher noch jeden betrogen!" dröhnte Gott mit hochrotem Kopf. Er war offensichtlich ziemlich sauer.
Der Unbekannte lächelte verschmitzt und sagte: „Sieh her!"
Diesmal wurde es dunkel, und von überallher dröhnte ohrenbetäubende Rockmusik. Sie waren in einer mit Fackeln beleuchteten großen Höhle, und an den Felswänden tanzten bedrohliche Schatten. Überall standen oder lagen Menschen herum, an einer Bar wurden Drogen und Alkohol

verkauft, und in einer entfernten Ecke gab es eine wilde Gruppensex-Orgie. Die Leute sahen aus wie Alice Cooper zu seiner besten Zeit, und eine Frau kam mit leerem Blick auf Harry zu und brüllte ihm ins Ohr, um die Musik zu übertönen: „Neu hier, eh? Müssen später mal was zusammen reinziehen und so!“ Dann ging sie, ohne eine Antwort abzuwarten, einfach weiter.

So mußten sich normale Leute eine Heavy-Metal-Fete vorstellen.

Es wurde wieder hell.

„Wenn du willst, kannst du bei uns auch Harfe spielen, das wäre mal etwas anderes“, sagte der Mann und grinste verschlagen. Er war Harry so sympathisch wie ein Zuhälter, der einen nach der Telefonnummer der eigenen Freundin fragt. Die andere Alternative war allerdings auch nicht das Wahre. Beide taugten nicht.

„Muß ich mich gleich entscheiden?“ fragte er.

„Ja“, kam die Antwort wie aus einem Mund.

Harry saß in der Zwickmühle. Er haßte Entscheidungen, bei denen ihm keine der Alternativen gefiel, und suchte nach dem dritten Weg. Er wußte, daß es immer einen dritten Weg gibt, und hatte ihn bisher auch jedesmal gefunden.

„Das Leben besteht aus Leiden und Illusionen“, unterbrach ein monotoner Singsang seine Gedanken. Harry drehte sich um und sah einen fetten glatzköpfigen und spärlich bekleideten Mann im Lotussitz am Boden hocken.

„Klingt ja interessant. Könnten Sie mir das genauer erklären?“ fragte er.

Joes Besucher betrachteten mit verstohlenen Blicken das extravagante Haus, das mit einer Mischung aus Bauhaus und Pop-art eingerichtet ist, während sie von Joe durch den marmorbelegten Flur ins Wohnzimmer geführt wurden. Durch einen Spalt in der Tür sahen sie das kompromißlos japanisch eingerichtete Schlafzimmer mit Tatamis und einem Futon am Boden, und vom Wohnzimmer aus konnten sie einen Teil der Küche mit ihren dunkelblauen und schwarzen Schränken sehen.

Joe gab sich betont lässig und sagte: „Nehmt Platz, Jungs!“

Die zwei setzten sich stocksteif nebeneinander auf Joes buntes Designersofa und gaben in ihren dunkelblauen Anzügen ein Bild ab wie zwei Tanzschüler, die zum ersten Mal bei der Mutter ihrer Tanzpartnerin eingeladen sind.

Joe verschwand im Nebenraum, und man hörte Gläser klirren. Dann

rief sie durch die offene Tür: „Wollt ihr etwas trinken? Whisky, Tequila? Oder lieber etwas Leichtes, zum Beispiel ein Martini-Soda?"
Es war zehn Uhr morgens.
„Wir trinken nie Alkohol", erklärte der Ältere. Der andere schwieg.
Man hörte wieder das Klirren von Gläsern und Flaschen, dann erschien Joe mit einem mächtigen Bourbon in der Hand in der Tür.
Sie ließ die Eiswürfel in dem schweren Whiskyglas kreisen und tat erstaunt. „Wieso trinkt ihr denn keinen Alkohol?" fragte sie.
„Alkohol benebelt die Sinne und bringt uns vom rechten Weg ab", dozierte er.
„Wie kannst du das denn beurteilen, wenn du keinen Alkohol trinkst?" fragte sie spitz, während sie zu ihren schwarzen Schaukelstuhl ging und sich hineinfallen ließ. Sie nahm einen tiefen Schluck und stellte das Glas vor sich auf den Tisch.
Ihr Gegenüber starrte sie einen Moment verblüfft an. „Das ist doch bekannt", antwortete er.
„Verläßt du dich immer darauf, was andere sagen? Sie könnten ja unrecht haben", bohrte Joe weiter.
„Ich verlasse mich auf die Bibel. Sie ist uns von Gott gegeben. Der Mensch kann irren, Gott nicht."
„Da magst du recht haben. Aber woher weißt du, daß die Bibel von Gott kommt?"
„Das steht in der Bibel", setzte er an, „nämlich ..."
„Und wenn ich ein Buch schreibe", unterbrach ihn Joe, „in dem steht, daß es von Gott kommt, glaubst du das dann auch?"
„Nein, denn die Zehn Gebote sagen 'Du sollst keine anderen Götter haben neben mir'", antwortete er überzeugt.
Logik war offenbar nicht gerade seine Stärke.
Statt darauf einzugehen, wandte sich Joe dem Jüngeren zu und fragte: „Bist du stumm, oder hast du nichts zu sagen?"
Der warf einen kurzen Seitenblick zu seinem Partner und antwortete knapp: „Bruder Martin weiß mehr. Ich studiere die Bibel noch nicht sehr lange, ich kann nicht viel dazu sagen."
„Sehr vernünftig", erwiderte Joe, „es gibt auch wirklich bessere Bücher. Kennst du Illusions von Richard Bach? Kann ich wärmstens empfehlen. Moment - sagtest du 'Bruder Martin'?"
Er nickte.
„Was für ein Zufall!" rief Joe mit gespielter Freude aus, beugte sich vor und sah Bruder Martin mit ihren großen Augen an. „Mein letzter Freund heißt auch Martin. Das kann doch kein Zufall sein!"
Sie sagte das mit ihrer Marlene-Dietrich-Stimme und einem Tonfall,

der geeignet war, die Männerwelt sofort in zwei Lager zu spalten: in diejenigen, die sofort die Flucht ergriffen, und in den Rest, der sofort die Hormonproduktion anwerfen und die Kondome bereitlegen würde. Man brauchte kein großer Menschenkenner zu sein, um zu sehen, zu welcher Gruppe Bruder Martin gehörte.

Joe war zwar kein männermordender Vamp, der massenweise Leute in die Flucht schlug oder für nennenswerten Umsatz in der Latexindustrie sorgte, aber sie wußte, wie man Männer mit Erfolg anpackt, schließlich war sie mit Jungen aufgewachsen. Entsprechend kleidete sich Joe meistens nicht besonders feminin, aber die Figur, die sie in Jeans und in ihren heißgeliebten weiten Pullovern abgab, schien die meisten Männer trotzdem anzusprechen. Dazu kamen ihre Körpergröße von einem Meter achtzig und ihre langen roten Haare. Außerdem hatte Joe unverschämt grüne mandelförmige Augen.

Viele Männer begingen allerdings den Fehler, es nicht beim Anblick zu belassen, und mußten deswegen die leidvolle Erfahrung machen, daß deutlich mehr als nur ein cooler Spruch nötig war, um bei ihr zu landen. Joe hatte wenig für one-night stands übrig, und ihre übliche Reaktion auf dumme Anmache war ein freundliches Lächeln, ein lasziver Augenaufschlag und die langsam und deutlich gesprochenen Worte: „Fuck off!" Wie schon erwähnt, sie wußte, wie man Männer richtig anpackt.

Jetzt sah sie ihren Besucher über den Rand ihres Glases an, nippte daran und fragte: „Weißt du, daß du sehr schöne Augen hast?"

Bruder Martin räusperte sich und antwortete: „Wir sind zu Ihnen gekommen, um über Gott zu sprechen."

Sein Begleiter beobachtete die Situation gespannt, und es war offensichtlich, daß er froh war, daß nicht er das Opfer war.

„Wir können uns duzen. Nenn mich Joe!"

„Wir möchten uns mit Ihnen über das Ende der Welt unterhalten und über das, was danach kommt", fuhr Martin fort, ohne den Einwand zu beachten, vermied aber von da an jede direkte Anrede.

Er blätterte hektisch in seiner Bibel. „In der Offenbarung des Johannes ..."

„Ich kenne die Offenbarung des Johannes", unterbrach ihn Joe. „Wenn die Welt bald untergeht, dann solltet ihr euch lieber überlegen, ob es ein Leben vor dem Tod gibt. Vielleicht solltet ihr doch noch einen Whisky probieren. Wer weiß, ob ihr da, wo ihr danach hingeht, noch die Möglichkeit dazu habt?"

Martin sah sie mit aufgerissenen Augen an, und um die Mundwinkel seines Partners zeigte sich ein Grinsen. Joe fuhr ungerührt fort: „Ihr solltet eure verbleibende Zeit wirklich besser nutzen, als anderen Leuten Bibelgeschichten zu erzählen. Wie wäre es, wenn ihr noch einmal

richtig mit eurer Freundin vögelt."
Jetzt war Martin endgültig geschockt. „Die Vereinigung von Mann und Frau ist eine Sünde, wenn sie nicht dem heiligen Akt der Zeugung dient", erwiderte er schwach.
Joe wurde sauer. „Bei dir ist wohl durch zuviel Bibellesen eine Schraube locker geworden", donnerte sie und funkelte ihn mit ihren grünen Augen an, die aussahen, als ob sie selbst in völliger Dunkelheit noch leuchten könnten. Von der Seite schien die Sonne durchs Fenster herein und gab Joes Haaren einen seltsamen Glanz, es sah aus, als ob sie glühten. Martin rechnete mit dem Schlimmsten, aber nicht mit dem, was als nächstes wirklich passierte.
Statt sich in einen Dämon zu verwandeln und ihm die Kehle durchzubeißen, zog Joe ihr T-Shirt, auf dem in großen Buchstaben DO WHAT YOU WANT stand, über den Kopf und konfrontierte ihre Gäste mit nackten Tatsachen.
„Glaubst du vielleicht", fauchte sie, „Gott hat mir diesen Körper geschenkt, damit ich ihn in Sack und Asche hülle und zwei- oder dreimal im Leben bei Dunkelheit den heiligen Akt der Zeugung vollziehe? Wozu gibt es dann Ekstase, Lust? Stammt das vom Satan? Dann sollte ich dem vielleicht dankbar sein und nicht deinem komischen Gott, der nicht einmal einem Stein die Freude an seiner Existenz gönnen würde."
Sie war aus ihrem Schaukelstuhl gekommen und stand mit blitzenden Augen vor der immer tiefer im Sofa versinkenden Gestalt.
„Wenn du auch nur so viel Verstand wie eine Ameise hättest, würdest du dich in eine Wiese setzen, den Vögeln zusehen und fühlen, verstehst du, fühlen, was es heißt, Teil des Universums zu sein, anstatt Schwachsinn über strafende Götter zu verbreiten. Welch ein Gott, der Kreaturen erschafft, die er in ihrem kurzen Leben laufend in Versuchung führt, um sie dann um so länger im Höllenfeuer braten zu lassen? So etwas wolltest du mir doch erzählen, oder?"
Ohne eine Antwort abzuwarten, griff Joe in die Tasche ihrer Jeans, holte eine Münze heraus und knallte sie auf den Tisch. „Nimm das, und erzähle deine Schauermärchen einer Parkuhr, die wird für so etwas gebaut", bellte sie.
Bruder Martin war kalkweiß geworden, und der Horror in seinen Augen kannte keine Grenzen. Diese Frau war der Satan selbst, und er mußte ihr widerstehen. Er rührte die Münze nicht an und hielt sich statt dessen an seiner Bibel fest.
Joe ging um den Tisch herum, sah ihm in die Augen und beugte sich zu ihm herunter, bis sie ihn mit ihrer Brust fast berührte. Ihre Stimme wurde fast unhörbar leise und honigsüß, mit einem drohendem Unter-

ton: „Heute nacht werde ich dir im Traum erscheinen, so wie mich Gott erschaffen hat. Ich werde dich küssen und liebkosen und in deinem Körper ein Feuer entzünden, gegen das deine Vorstellung von der Hölle wie ein lauer Sommerabend erscheinen wird. Und dieses Feuer wird in dir brennen und ihn an seine wahre Bestimmung erinnern. Dann wirst du verstehen, daß das Höllenfeuer nichts weiter als das Feuer des Lebens ist." Dann richtete sich Joe abrupt auf und wies zur Tür. „Und jetzt raus!" Das letzte Wort klang wie ein Pistolenschuß.

Die Bibel fest in der Hand, zwängte sich Bruder Martin an seinem Kollegen vorbei und verließ die Wohnung, als sei er vom Leibhaftigen verfolgt. Dabei schallte ihm ein diabolisches Lachen hinterher, für das jeder Kinoregisseur Millionen gezahlt hätte.

Joe ließ sich neben dem anderen aufs Sofa fallen und fragte deutlich freundlicher: „Was ist mit dir, hast du keine Angst?"

Er sah sie für einen Moment an, stand auf, zögerte, als ob er überlegen müsse, und sagte dann schüchtern: „Ich möchte mich bei Ihnen bedanken. Ich glaube, ich habe etwas gelernt. Sie haben mich vor einer großen Dummheit bewahrt!"

Jetzt war es an Joe, überrascht zu sein, aber bevor sie etwas erwidern konnte, war auch er auf dem Weg zur Tür und verschwand so schnell, daß man meinen konnte, er hätte Angst vor seiner eigenen Courage bekommen.

Sollte sie es tatsächlich geschafft haben, wunderte sich Joe, ihm einen Denkanstoß zu geben? Normalerweise war bei solchen Leuten nichts zu bewirken, weil sie das Erlebte immer als Beweis für das ansahen, was sie schon immer zu wissen glaubten.

„Jeden Tag eine gute Tat", grinste sie und rekelte sich in der Morgensonne, die durch die Fensterfront ins Zimmer schien. Die Sonnenstrahlen spielten auf Joes nackter Haut.

Sie schloß die Augen, versank in ein Gefühl von Geborgenheit und Wärme und spürte, wie jeder Zelle ihres Körpers das Wissen entströmte, hier und jetzt und heute ihren Platz in der Welt zu haben und das Leben genießen zu dürfen. Auf der Veranda lagen nebeneinander zwei Katzen in der Sonne, und ihr Schnurren erzählte von genau diesem Gefühl.

Bei Harry war in diesem Moment an solche Ausgeglichenheit nicht zu denken. Statt dessen hatte sich bei ihm die feste Überzeugung breitgemacht, im Kindergarten oder im Irrenhaus gelandet zu sein. Mittlerweile hatten sich immer mehr Götter und religiöse Figuren eingefunden, die ihre Weisheiten oder Proben ihrer Kunst zum besten gaben, wie Neptun, der als Zeichen seiner Macht das gesamte Tal überflutet hatte.

Anfangs hatten sich alle darum bemüht, Harry von ihrer Lehre zu überzeugen, so zum Beispiel ein smarter moderner Sektengott, der ihn auf die Seite gezogen und mit verschwörerischer Miene versucht hatte, ihn zu einer Unterschrift auf eine zwanzigseitigen kleingedruckten Glückseligmachungsvertrag zu bewegen. Er hatte versprochen, Harry noch in diesem Leben reich und zufrieden zu machen und ihn von allen Lasten des Lebens zu befreien. Harry hatte darauf erwidert, daß er schon tot sei, und ihn einfach stehenlassen.

Danach waren noch exotischere Gestalten erschienen, wie Seth, der ägyptische Gott der Zerstörung, und Shiva, sein indischer Kollege, die sich sofort gegenseitig beschimpft hatten und nun in eine handfeste Schlägerei verwickelt waren. Auch die anderen Götter stritten untereinander lautstark über grundlegende philosophische und religiöse Fragen. Moses warf Gott vor, er habe ihm eine veraltete Version der zehn Gebote gegeben, weil er es nicht geschafft hatte, die neuen rechtzeitig fertigzustellen und Gott erwiderte darauf, daß Moses selbst schuld sei, weil er nicht auf das Verfalldatum geachtet hatte.

Zu Harrys Erstaunen tauchte irgendwann ein Wissenschaftler mit einer großen Tafel auf und versuchte unter dem Gelächter der Götter mit Hilfe von Formeln zu beweisen, daß der Zufall den Gang des Universums bestimmt.

Nach und nach normalisierte sich die Situation, und es herrschte im wesentlichen Einigkeit. Shiva und Seth tauschten Ideen für spannende oder spektakuläre Katastrophen aus, und der bereits stockbetrunkene Pan erklärte einer vollbusigen altgermanischen Fruchtbarkeitsgöttin, daß er sich schon immer für die frühe mitteleuropäische Kultur interessiert habe.

Eine Naturgottheit aus grauer Vorzeit verteilte Obst, und Jesus hatte sich bereit erklärt, für Brot und Fisch zu sorgen. Bacchus hatte Wein organisiert und rollte gerade mit Dionysos zusammen das dritte Faß heran.

Harry saß mit einem Becher Wein und exotischen Früchten in der Hand im Gras und ließ sich von einer jungen Meerjungfrau Perlen ins Haar flechten, während er dem Treiben zusah.

Alle aßen und tranken und genossen das Leben.

Irgendwann kletterte Zeus schwankend auf einen der aufgestellten Tische, der sich gefährlich durchbog, und hob sein Glas. „Laßt uns auf die gelungene Ankunft unseres Freundes trinken. Möge es ihm bei uns gefallen!“

Aller Augen richteten sich auf Harry, und es war klar, daß er jetzt etwas sagen mußte. Er stand auf, räusperte sich kurz und rief dann: „Leute, an das Leben nach dem Tod könnte ich mich gewöhnen!“

Die Menge antwortete mit tosendem Applaus, und Zeus schickte begeistert ein riesiges Feuerwerk aus Blitzen und Donner in den Himmel, so hell, daß Harry geblendet die Augen schloß.

Als er sie wieder öffnete, waren alle verschwunden.

Er hielt eine Lychee in der Hand und hatte noch die Perlen im Haar, aber das waren außer der Überflutung, die Neptun hinterlassen hatte, die einzigen Spuren, die von dem Geschehenen zeugten.

Harry hörte von Süden ein entferntes Grollen und blickte zum Himmel. Weit entfernt sah er einen Kondensstreifen, und es dauerte noch eine ganze Weile, bis er erkennen konnte, was es war.

Joe hatte den Tag mit Einkaufen und Faulenzen verbracht. Abends hatte sie die letzten Feinheiten für ihr Projekt programmiert und das Programm per Telefon auf einen Rechner überspielt, der in Boston stand, ihrem Auftraggeber gehörte und VISION-2 hieß. Während der Übertragung gab es nichts zu tun, und sie hatte einfach nur zugesehen. Nachdem das Programm den Atlantik erfolgreich überquert hatte, hatte Tom - ihr Auftraggeber und guter Freund - sie noch angesprochen, indem er, selbst vor einem Computer sitzend, eine Zeile Text auf ihren Bildschirm geschickt hatte. Aber statt sich wie sonst stundenlang auf diese Weise zu unterhalten, hatte Joe nur knapp geantwortet und sich dann abgemeldet.

Nun saß sie vor ihrem Computer und starrte gedankenverloren auf die Abschiedsgrüße die ihr VISION-2 geschickt hatte, und der Text am Bildschirm spiegelte sich in der Brille, die sie beim Programmieren tragen mußte:

transfer of vr.lzh completed at 03:28am (met)
(975480 bytes, 00hours 08min 26.3sec)
*** talk from tom: „Na, Joe, wie geht's so? So spaet noch hier?“
$ talk tom „sorry, tom, bin hundemuede. ich hau gleich ab.“
*** talk from tom: „Alles klar. Uebringens, wie gefallen Dir die neuen Fortunes?“

$ talk tom „super! bin schon gespannt, was diesmal kommt. bye!“
$ logout

Auf Wiedersehen, joe wild, und vergiss nicht:
„Der Zufall ist ein treuer Freund der Weisen und Toren,
nur die Vernünftigen hat er für seine Späße auserkoren!“
Disconnecting from VISION-2
NO CARRIER

Joe war seit einem Jahr selbständig. Nach dem Studium hatte sie zwar davon geträumt, selbständig zu sein, sich dann aber doch bei einer kleinen EDV-Firma anstellen lassen. Es war eine gute Entscheidung gewesen. Die Leute waren nett, und die Arbeit hatte viel Spaß gemacht. Irgendwann war der Laden von der größeren Konkurrenz aufgekauft worden, und die hatten einen der eigenen Leute geschickt, um die Leitung der Firma zu übernehmen. Er war ein typischer Aufsteiger und hatte es geschafft, sich in Rekordzeit bei allen unbeliebt zu machen. Er hatte den Programmierern geregelte Arbeitszeit vorgeschrieben und vom Team, wie sich die Programmierer selbst nannten, verlangt, von acht Uhr bis fünf Uhr zu arbeiten, obwohl sich früher jeder seine Arbeit so eingeteilt hatte, wie er oder sie es wollte und wie es zur Einhaltung der Termine nötig war. Das Ganze war per Rundschreiben bekanntgegeben worden.
Joe hatte wie alle anderen den Brief am Morgen auf dem Schreibtisch gefunden und war, nachdem sie ihn gelesen hatte, mit den Worten „So ein Arschloch!“ in den Glaspalast, wie das Chefbüro inoffiziell hieß, gegangen. Durch die schalldichten Scheiben konnten die anderen leider nicht hören, was gesagt wurde, aber Joes Hang zu drastischer Ausdrucksweise war bekannt, und das, was man sehen konnte, gab reichlich Raum zur Spekulation. Als sie herausgekommen war, hatte sie sich nur noch von den Kollegen verabschiedet und war gegangen.
Am nächsten Tag hatte sie mit einigen der Kunden ihrer ehemaligen Firma telefoniert, und einer davon, eine Bank in Frankfurt, bot ihr ein Projekt an.
Den Schritt in die Selbständigkeit hatte sich Joe zwar etwas anders vorgestellt, aber sie nahm das Leben wie es kam.
Das Programm, das sie an diesem Abend fertiggestellt und nach Boston übertragen hatte, war der letzte Teil eines Auftrags, den sie durch Zufall bekommen hatte. Sie hatte Mike, einen ehemaligen Kollegen der alten Firma, auf der CeBIT in Hannover getroffen, und der hatte sie Tom Parish, einem Amerikaner, vorgestellt, dem eine kleine Spezialfirma mit

dem Namen AWI gehörte, die extrem leistungsfähige Parallelcomputer nach dem Prinzip des menschlichen Gehirns herstellte. Tom war ein Künstler und ein Chaot, und sie hatten sich auf Anhieb verstanden. AWI verkaufte Virtual-Reality-Videospiele, also Spiele, die den Spieler in eine künstliche Welt versetzten. Es gab kaum Konkurrenz und riesige Nachfrage.

Tom hatte ihr den Auftrag angeboten, weil derjenige, der das Programm eigentlich entwickeln sollte, geerbt hatte und sich nach Indien absetzen wollte. Die Sache war hochinteressant, und Joe konnte sich aussuchen, ob sie mit Festpreis oder Gewinnbeteiligung bezahlt wurde. Sie hatte den Vertrag noch am selben Tag unterschrieben und die Beteiligung gewählt.

Das war vor acht Monaten gewesen. Sie hatte sich mit der neuen Materie beschäftigt, programmiert, getestet und viel Zeit und Telefonkosten damit zugebracht, mit Tom von Rechner zu Rechner zu talken. Sie hatten sich oft bis in die Morgenstunden Einzeiler von Rechner zu Rechner geschickt und dabei alle erdenklichen Themen diskutiert. Dabei waren sie oft bei grundlegenden Fragen des Lebens gelandet, zu denen Tom sehr interessante und unkonventionelle Ideen hatte. Joe hatte anschließend oft nachgedacht oder war spazierengegangen, weil sie nicht schlafen konnte.

Heute war es anders, heute fühlte sie sich müde und schlapp. Das war ungewöhnlich, denn normalerweise war sie ein Nachtmensch. Wahrscheinlich lag es daran, daß sie, entgegen allen Gewohnheiten, schon früh unterwegs gewesen war und nachmittags nicht geschlafen hatte. Ohne rechtes Interesse las sie noch einmal das Fortune, den Spruch oder die kleine Weisheit, die Toms Rechner seinen Gästen immer auf den Weg mitgab, wenn er sich verabschiedete.

Der Zufall ist ein treuer Freund der Weisen und Toren,nur die Vernünftigen hat er für seine Späße auserkoren!

Die Fortunes anderer Systeme waren normalerweise Programmiererwitze, Murphys Gesetze oder Wortspiele, die man las und meist wieder vergessen hatte, bevor der Rechner die Verbindung endgültig unterbrach. Die Fortunes von Toms Rechner waren für Joe aber etwas Besonderes, vor allem weil sie Toms Weltanschauung kannte. Viele waren eine Art Rätsel, und Joe vermutete sogar, daß er für sie eine eigene Liste angelegt hatte. Sie hatte einmal gefragt, ob die anderen Benutzer dieselben Meldungen sehen würden, und er hatte nur „Niemand sieht niemals das gleiche“ geantwortet und „ ;-) „, das augenzwinkernde Grinsen, hinterhergeschickt, das man sieht, wenn man den Kopf schiefhält, und das sie bei ihren Talks immer verwendeten. Joe hatte zwar sofort verstanden, was

Tom damit sagen wollte, nämlich daß mehrere Leute niemals das gleiche sehen, selbst wenn sie in die gleiche Richtung schauen, aber das konnte als Antwort auf ihre Frage genausogut ja wie nein heißen, und sie hatte nicht weiter nachgefragt.

Jetzt dachte sie über das neue Fortune nach und darüber, wie oft ihr in den letzten Monaten Zufälle zu Hilfe gekommen waren. Daß sie Tom getroffen hatte, daß der andere Programmierer geerbt hatte und nach Indien wollte und daß sie das Haus doch noch bekommen hatte, obwohl es fast schon an einen anderen verkauft war. Sie fragte sich auch, ob es Zufall war, daß das Fortune ausgerechnet jetzt kam, da ihr Auftrag beendet und noch nicht klar war, wie es weitergehen würde.

Joe markierte den Text, dessen Weiß auf dem dunkelblauen Hintergrund ihres Bildschirms aussah wie Sterne kurz vor Sonnenaufgang, und kopierte ihn in ein anderes Programm. Dort speicherte sie ihn bei den anderen Fortunes, die sie bereits gesammelt hatte, und schaltete den Laserdrucker ein, der mit leisem Summen zum Leben erwachte. Es raschelte leise, als die Maschine die Folge von Einsen und Nullen aus dem Speicher in gestochen scharfe, runde Buchstaben auf einem Bogen guten Papiers verwandelte, den Joe in die Mappe zu den anderen Fortunes legte.

Dann schaltete Joe die Geräte aus und holte eine Flasche Rotwein aus der Küche, den sie eigens zwei Stunden zuvor geöffnet hatte, damit er sein Bukett entfalten konnte. Sie ging ins Wohnzimmer und stellte ein Glas und die Flasche auf den Tisch, an dem sie morgens mit ihren beiden Besuchern gesessen hatte. Bei dem Gedanken, daß Bruder Martin sicher auch diesen Wein verschmäht hätte, mußte sie lachen, weil sie sich daran erinnerte, daß ihr Weinhändler einmal behauptet hatte, daß Götter, wenn es sie gäbe, mit Sicherheit diesen Wein trinken würden und keinen anderen.

Joe legte Musik auf, löschte das Licht und legte sich aufs Sofa.

Ein Gefühl der Leere machte sich in ihr breit, so als ob man aus einer Wohnung auszieht, die man jahrelang bewohnt hat. Sie kannte es; es war das gleiche Gefühl, das sie hatte, als sie den Job bei der vorigen Firma hingeworfen hatte. Es war gleichzeitig etwas Angenehmes dabei, denn die Leere war der Raum für etwas Neues, sie war eine Chance, sie wollte gefüllt werden.

Joe war gespannt, welch ein Projekt nun kommen würde. Daß es ein nächstes Mal geben würde, war für sie keine Frage. Ihr Vertrag war zwar erfüllt, und sie hatte mit Tom noch nicht einmal über einen Folgeauftrag gesprochen, aber sie sah sich im Geiste schon an der neuen Generation von Spielen mitarbeiten. Joe war davon überzeugt, daß sich

dieses Bild erfüllen würde. Es konnte nicht anders sein, denn das allererste Fortune, das ihr VISION-2 zum Abschied mitgegeben hatte, hatte gelautet:
Der Glaube versetzt nur Berge. Visionen erschaffen Welten!
Es war der Auslöser für ihre erste nächtliche Diskussion gewesen, und Joe trug den Spruch auf einem Zettel immer bei sich wie andere das Foto der Familie.
Elton John sang etwas vom Rocket-Man, und der zehn Jahre alte Bordeaux machte schläfrig. Sie schloß die Augen, hörte durch die offene Terrassentür eine Möwe schreien und schlief ein.

Harry starrte mit offenem Mund auf eine schlanke Rakete, die weit droben am Himmel in der Sonne glänzte und von Süden her einen eleganten weißen Bogen in den Himmel gezeichnet hatte. Sie war von irgendwo hinter dem Horizont gekommen und flog scheinbar direkt auf Harry zu.
Der stand am Wasser und hielt gedankenverloren seine Lychee in der Hand. Er war ganz ruhig, er hatte keine Angst. Er stand einfach nur da wie das sprichwörtliche Kaninchen vor der Schlange und beobachtete den zigarrenförmigen Körper, der schnell näher kam.
Die Rakete flog ruhig weiter auf ihrer Bahn, und das Grollen wurde lauter und lauter. Nur fünfhundert Meter entfernt, wurde sie plötzlich langsamer, korrigierte ihre Bahn und nahm Kurs auf das Meer. Knapp über der Wasseroberfläche verwandelte sie sich in einen Pottwal, der mit einem eleganten Kopfsprung ins Meer tauchte und erst einmal verschwand.
Völlig fassungslos ließ Harry die Lychee fallen und murmelte „O Gott!“
Nach kurzer Zeit tauchte der Wal auf und schickte eine mächtige Wasserfontäne in die Luft, bevor er, groß wie ein Haus, direkt auf Harry zuschwamm.
Der sah ihm nur ungläubig zu.
Der Wal schwamm weiter, bis er mit dem Bauch auf Grund lief, und öffnete sein riesiges Maul. Im Innern wurde eine Gestalt sichtbar. Ein Mann, der weder besonders alt noch besonders jung war, sprang ins knietiefe Wasser und watete an Land. Er war kleiner als Harry, aber fast doppelt so breit und wirkte dadurch wie die Sorte Leibwächter, die die Amerikaner einfach nur Muscles nennen. Seine Haare waren weiße kurze Stoppeln, und er trug einen Bart, der ihn ein bißchen wie ein Walroß

aussehen ließ. Er hatte wasserklare, blaugrüne Augen und dunkle, wettergezeichnete Haut, die für Leute, die viel im Freien sind, typisch ist. Mit seinen tiefen Lachfalten um die Augen strahlte er so viel Jugend und Elastizität aus, daß jede Altersschätzung von vornherein zum Scheitern verurteilt war. Hätte er behauptet, zwanzig Jahre alt zu sein, hätte Harry es genauso geglaubt wie jede andere Alterangabe (abgesehen von der Tatsache, daß Harry inzwischen alles geglaubt hätte, nachdem er schon sprechende Mäuse und eine wilde Horde Götter gesehen hatte, ganz zu schweigen von dem Wal, der vorher eine Rakete war).
„Guten Tag, Harry, wie geht es dir? Hat dir die Party gefallen?"
Harry sah den Mann voll Unverständnis an, aber der fuhr unbeirrt fort: „Ich habe mich leider etwas verspätet, aber Miros", er deutete auf den Wal, der interessiert herübersah, „wollte noch ihre Verwandten besuchen. Ich hoffe, es war dir nicht langweilig."
Sein Tonfall machte klar, daß es eine Feststellung und keine Frage war. Dann nahm er Harry mit einem Griff wie ein Schraubstock am Arm, erklärte „Wir müssen gehen, Yo erwartet dich bereits" und ging mit ihm ins flache Wasser auf den Wal zu.
„Wir können uns auf der Fahrt noch unterhalten", fuhr der Unbekannte fort, als sie bei dem Tier angekommen waren, und tätschelte bei diesen Worten den riesigen Wal. Der öffnete sein Maul, beide stiegen ein und kletterten den Rachen hinunter, der Harry wie ein riesiger Tunnel vorkam. Irgendwo zweigten sie nach rechts in eine Luftkammer ab, die mit Decken und Kissen ausgelegt war. Kaum saßen sie am Boden, spürte Harry, wie sich das Tier bewegte. Es gab erst ein heftiges Ruckeln und Schütteln, aber nach und nach ging die Bewegung in ein monotones Schaukeln über. Harry konnte spüren, wie gewaltige Muskeln unter dem Boden arbeiteten. Er erwachte langsam aus seiner Lethargie, und sein Körper spielte mit dem Gedanken, seekrank zu werden.
Der Mann plapperte indessen munter weiter: „Ich heiße übrigens Jonas. Bestimmt hast du schon von mir gehört; in einem Buch bei euch haben sie mal über mich geschrieben. Ich habe leider den Namen vergessen, ist auch egal, es war sowieso nur eine kurze, völlig aus dem Zusammenhang gerissene Notiz."
Harry fragte: „Meinst du die Geschichte von Jonas und dem Wal in der Bibel?"
„Bibel, genau so hieß das Buch. Kennst du es?"
„Ein bißchen. Dort steht aber nichts darüber, daß du die Toten abholst."
Jonas zog eine Augenbraue hoch. „Na, na! Dieses Wort hören wir hier aber nicht gern. Es hat so etwas Lebloses, findest du nicht? Dabei ist bei uns hier ganz schön was los, das kann ich dir versprechen. Aber um

deine Frage zu beantworten: Nein, ich kümmere mich nur um spezielle Fälle. Die meisten, die hier ankommen, gehen mit einem der Götter, und der erklärt ihnen dann, je nach Entwicklungsstufe, wie es weitergeht. Von deiner Ankunft waren die Götter allerdings etwas überrascht, denn Yo hat gestern vergessen anzukündigen, daß du kommst. Als du kamst, haben die Götter dann einfach beschlossen, selbst herauszufinden, wer für dich zuständig ist. Den Rest kennst du ja."

„Ihr wußtet gestern schon, daß ich - äh - ankomme?"

„Ja, seit gestern abend. Wissen ist allerdings nicht das richtige Wort, wir haben die deutliche Wahrscheinlichkeit gesehen, aber bis zuletzt konnte niemand mit Sicherheit sagen, ob du es dir nicht doch noch anders überlegst."

„Ich?" fragte Harry zweifelnd.

„Wer sonst?"

Darauf hatte Harry auch keine Antwort. „Wohin gehen wir jetzt?" fragte er.

„Miros bringt uns zu Yo, er erwartet dich bereits."

„Wer ist Yo?"

„Yo ist dein Sprecher. Er spricht zu dir im Traum und zwischen den Leben."

„Zwischen den Leben?"

„Ja, eben in der Übergangzeit von einem Leben ins nächste. Aber das soll dir Yo selbst erklären, sie kann das besser als ich."

„Vorhin sagtest du 'er'."

„Entschuldige, aber ich werde mich nie daran gewöhnen, daß das für euch zweierlei ist. Bei uns hier macht das keinen Unterschied, ob man gerade Mann oder Frau ist. Man ist das, worauf frau gerade Lust hat. Als ich Yo gestern traf, war sie ein Mann. Aber sie wird dir das alles sicher noch erzählen. Wir müßten bald da sein. Möchtest du vorher noch etwas essen?"

„Danke, ich habe vorhin schon gegessen. Kennst du Napoleon?"

„Oh, große Ehre! Wo hast du ihn denn getroffen? Habe diesen alten Herumtreiber schon ewig nicht mehr gesehen. Er ist übrigens die Sprecherin von Yo."

„Er war da, als ich nach dem Unfall aufgewacht bin, und wir haben kurz zusammen gegessen. Er ist danach aber recht schnell verschwunden."

Jonas kratzte sich am Kopf. „Das ist ungewöhnlich. Napoleon ist ein sehr großes Bewußtsein, und normalerweise kümmert er sich nicht um Neuankömmlinge. Es scheint, als ob du ziemlich wichtig für Yo bist."

Das stetige Schaukeln, an das sich Harry inzwischen gewöhnt hatte,

endete mit einem plötzlichen Ruck.
„Komm mit, wir sind da!“ sagte Jonas und stand auf.

Die alte Frau hörte, wie die Möwen draußen mit Geschrei aufflogen, und ging zur Tür.

Sie erwartete ihren Sohn. Sie freute sich schon seit Tagen auf seinen Besuch, wenngleich sie nicht genau wußte, wann er kommen würde. Zeit bedeutete ihr nicht viel. In ihrem Alter, nach all den Stunden, die sie schon gelebt hatte, waren einige Tage mehr oder weniger nicht von Bedeutung. Er würde kommen, und das zählte. Ungeduld war eine Begleiterscheinung ihrer Jugend gewesen, im Alter entwickelte sie dann aber große Geduld. Es war ihr nicht gleichgültig, ob ihr Sohn käme, ganz im Gegenteil, aber es war bedeutungslos, ob er jetzt, in einer Stunde oder in einer Woche eintreffen würde.

Vor dem Haus sah sie, wie das kleine Boot anlegte und ihr Sohn mit einem Satz auf den Steg sprang. Er ließ sich seine Tasche reichen und ging mit den elastischen Schritten, die so charakteristisch für ihn waren, auf ihr Haus zu. Das Boot legte ab und würde ihn irgendwann abholen. Während er näher kam, sah sie zu, wie seine Gestalt langsam größer wurde. Er trug Jeans, eine schwarze Lederjacke, und die Tasche hing lässig über seiner Schulter.

Eine Brise wehte vom Meer den Geruch von Salz und Seetang herüber, und ihr Sohn war jetzt so nahe, daß sie sein Gesicht erkennen konnte. Es hatte seit dem letzten Besuch an Ausdruck gewonnen. Die Lachfältchen um seine Augen waren deutlicher, und die Wangenknochen gaben seinem Gesicht einen entschlossenen Zug. Er trug einen Zweitagebart, der ihm ein etwas verwegenes Aussehen hätte geben können. Aber durch seine helle Haut wirkte er nicht wie ein Abenteurer, der aus der Ferne heimkehrt, sondern wie ein Professor, der sein Studierzimmer verläßt.

„Hallo, Mutter. Schön, dich wieder zu sehen.“ Er umarmte sie und küßte sie auf die Wange. „Wie geht es dir? Du siehst aus wie zwanzig.“

Sie lachte nur und sagte: „Komm herein und setz dich, bevor du mir noch einen Heiratsantrag machst.“

Er folgte ihr ins Haus.

Ihre Begrüßungen waren noch nie wortreich gewesen. Ihre Besucher wußten auch ohne viele Worte, daß sie willkommen waren.

Hinter der Tür hing noch immer der schmucklose Rahmen, in dem in genauso schmuckloser Schrift geschrieben stand:

Das Problem ist nicht, Antworten zu bekommen, sondern Antworten zu erkennen, wenn man sie bekommt.
Jedesmal, wenn er das las, fragte er sich, wann er das ganz verstehen würde. Er war ein Suchender, der immer mehr Fragen als Antworten hatte, und jede Antwort, die er fand, tat einen neuen Abgrund von Fragen vor ihm auf, auf die er die Antworten nicht fand.
Seine Mutter hatte die Gabe, ihm die Augen für die Antworten zu öffnen, während er bei ihr war. Sie antwortete auf Fragen zwar nur selten direkt, viel öfter jedoch geschah es, daß sie eine Geschichte erzählte, ein Gleichnis, auch wenn sie diesen Begriff ablehnte, weil er ihr zu pathetisch war. Aber mit ihren Geschichten erreichte sie immer, daß er die Antwort selbst fand und sich wunderte, wieso er nicht allein darauf gekommen war.
Das Kaminfeuer im Wohnzimmer war heruntergebrannt, und sie legte Holz nach. Er saß im Sofa und sah ihr mit Bewunderung zu, wie mühelos sie sich hinkniete und mit welcher konzentrierten Hingabe sie Scheit um Scheit auftürmte. Sie entfachte die schon fast erloschene Glut, bis kleine Flammen an den Holzscheiten entlangzüngelten und sie das Feuer wieder sich selbst überlassen konnte.
Dann stand sie mit zufriedenem Gesicht auf und betrachtete ihren Sohn. Er war seit seiner Ankunft schon merklich ruhiger geworden. In seiner eigenen Welt, bei seinen Freunden, war er ein rastloser nachdenklicher junger Mann, der kaum wahrnahm, was um ihn herum vorging. Aber jedesmal, wenn er sie besuchte, konnte sie die Veränderung an ihm beobachten. Er kehrte langsam aus der Welt hinter seiner Stirn zurück, ließ sich von der Bewußtheit, mit der sie die Dinge anging, anstecken und wurde zusehends entspannter.
„Hattest du eine gute Reise?"
Er überlegte kurz. Hatte er eine gute Reise gehabt? Er wußte es nicht. Es war eine Reise wie jede andere gewesen. Wegfahren war für ihn ein Mittel, um irgendwo anzukommen, über das er sich keine Gedanken machte. Ihm war bewußt, daß das bei seiner Mutter anders war. Sie genoß den Weg meist mehr als das Ziel. Für sie war jede Sekunde ein Erlebnis. Langeweile gab es nicht, weil es immer etwas gab, was man beobachten konnte.
„Es geht so", war seine ausweichende Antwort.
Sie lachte. „Du wirst auch noch die wache Hälfte deines Lebens verschlafen, wenn du so weitermachst", sagte sie und fragte nach einer kleinen Pause: „Möchtest du Tee?"
Er nickte nur und sah gedankenverloren ins Feuer, während seine Mutter in die Küche ging, um Wasser aufzusetzen.

Mit tausendfach geübtem Griff ließ sie Wasser in den Kessel laufen, bis ihr ein leichtes Klingen sagte, daß es genug sei. Sie zündete den Gasherd an, stellte den Kessel auf die Flammen und warf Teeblätter in die Tonkanne, die sie benutzte, um den Tee ziehen zu lassen, bevor sie ihn in das chinesische Porzellankännchen umgoß.
Während sie darauf wartete, daß das Wasser zu kochen begann, gab sie ein paar Haferflocken in die kleine Schale, die am Boden neben der Tür stand. Die Haferflocken waren für Tom, ihre Hausmaus bestimmt. Eines Tages war Tom dagewesen, hatte mitten in der Küche gesessen, und sie hatten sich einen Moment lang gegenseitig angesehen, bevor er blitzschnell hinter einem Schrank verschwunden war. Statt eine Mausefalle aufzustellen, hatte ihn die Frau gefüttert und in Anspielung auf einen Zeichentrickfilm, den sie einmal gesehen hatte, Tom getauft. Ihr Sohn hatte später zwar erklärt, daß in besagter Zeichentrickserie Tom nicht die Maus, sondern die Katze sei, aber das hatte sie nicht gestört. Entgegen den Befürchtungen ihres Sohnes hatte Tom sich auch nicht vermehrt und war seither ihr Untermieter.
Schrill begann der Teekessel zu pfeifen.

Die Luftschutzsirene drang nur langsam in Joes Bewußtsein.
„Arschlöcher", entfuhr es ihr unwillkürlich, während sie versuchte, richtig wach zu werden. Sie rappelte sich vom Sofa hoch und sah auf die Uhr. Es war kurz nach neun, und Joe beschloß, dafür zu sorgen, daß der Bürokrat, der so früh am Morgen einen Probealarm angesetzt hatte, einen miesen Tag vor sich haben würde.
Noch schlaftrunken stand sie auf und tappte mit halboffenen Augen in die Küche, um Kaffee zu machen. Dort standen noch die Weinflasche vom Vorabend und der Rest der Kerze, den sie aus dem Halter gekratzt hatte. Joe ignorierte die Unordnung und ließ Wasser in die Glaskanne laufen.
Als sie es in die Kaffeemaschine füllte, zuckte sie zusammen.
Sie hatte geträumt.
Joe versuchte, sich zu erinnern. Sie war mit Tom verheiratet gewesen, und sie hatten in der Küche gesessen und Cornflakes gefrühstückt, während ein langjähriger Freund im Wohnzimmer saß. Der Kamin brannte. Was noch? Der Traum ließ sich nicht fassen, die Bilder verblaßten, entwanden sich Joes geistigem Griff, und noch bevor Joe wußte, wie ihr geschah, waren sie nichts weiter als eine leise Ahnung, nichts weiter als

eine ferne Erinnerung aus einer anderen Welt. Alles, was blieb, war das Wissen, daß der Besuch wichtig gewesen war.
Joe dachte angestrengt nach, aber die Erinnerung war weg. Etwas ratlos stand sie in der Küche, denn sie erinnerte sich fast nie an Träume. Alles, was sie über Traumdeutung wußte, stammte aus den Freudschen Theorien, und ihre Ansichten zum Thema Freud drückte sie normalerweise in Worten aus, von denen kein einziges salonfähig war.
Achselzuckend schaltete sie die Kaffeemaschine ein und beschloß, später bei Tom anzurufen. Vielleicht konnte er ihr einen Tip geben, oder vielleicht hatte er sogar etwas Ähnliches geträumt. Schließlich hatte er einmal behauptet, daß Bekannte, von denen man träumt, oft den gleichen Traum haben.
Während die Maschine das Wasser gurgelnd durch den Filter laufen ließ, zog sich Joe an und ging zum Bäcker.
Fünf Minuten später war sie zurück und nahm die Kanne aus der Maschine. Joe kochte ihren Kaffee so stark, daß in der vorigen Firma das Gerücht umgegangen war, das Gebräu fiele unter das Verbot chemischer und biologischer Kriegswaffen. Der Kaffee an diesem Morgen war selbst nach Joes Maßstäben stark, und eine Tasse davon wäre sicher genug gewesen, um denjenigen, der für den Probealarm zuständig war, angemessen zu bestrafen. Joe fand ihn trotzdem gut und verzichtete natürlich wie immer auf Milch und Zucker.
Während sie frühstückte, blätterte sie in einer Zeitschrift, die sie auf dem Weg mitgenommen hatte. Sie überflog die Seiten, bis sie den Artikel gefunden hatte, den sie lesen wollte: „RÄTSEL GEHIRN" stand in großen Buchstaben über dem Bericht und etwas kleiner darunter: „Forscher erkunden das Bewußtsein (letzter Teil)". Sie hatte bereits die ersten beiden Teile der Serie gelesen, und eigentlich war vorher schon klar gewesen, daß der Artikel kaum Chancen haben würde, ihre Zustimmung zu finden. Wie erwartet hatte sich der Bericht mit den einzelnen Teilen des Gehirns und mit Forschern beschäftigt, die nach den Teilen und Chemikalien im Gehirn suchten, die für bestimmte Erinnerungen und Charakterzüge des Menschen verantwortlich waren.
Joe fand diese Idee lächerlich, auch wenn sie selbst als Jugendliche mit Inbrunst verkündet hatte, der Mensch sei nichts weiter als ein komplexer biologischer Computer. Diese Meinung hatte sich vor allem im Lauf des letzten Jahres drastisch geändert, was vor allem das Verdienst von Tom und einigen Büchern, die er ihr empfohlen hatte, war.
Die Idee, das menschliche Wesen anhand der Vorgänge im Gehirn erklären zu wollen, schien Joe nun ebenso sinnlos wie zu versuchen, die Charaktere und Ereignisse eines Hörspiels zu verstehen, indem man ein

Radio zerlegt und die Bauteile analysiert. Das Gehirn war für sie ein Umsetzer, der den Willen und die Ereignisse aus einer anderen Realitätsform in physische Wirklichkeit transformiert und sie dort in materieller Form erfahrbar macht, genau wie Töne ihren eigentlichen Ursprung nicht im Radio, sondern im Sender oder im Drehbuch haben. Joe liebte diesen Vergleich und setzte ihn bei Diskussionen auch immer wieder erfolgreich ein.

Zwischen Brötchen und Kaffee überflog sie den dritten und letzten Teil der Serie, in dem der Autor zum Schluß auf Theorien einging, die nichts mit Materialismus zu tun hatten; zum Beispiel zitierte er den Physiker Penrose, der immerhin behauptete, daß das Bewußtsein nur mit Hilfe von noch nicht entdeckten Gesetzen zu erklären sei.

Joe fand es interessant, daß besonders in den Bereichen der Forschung, in denen die Welt im ganz Großen und im ganz Kleinen untersucht wurde, viele Wissenschaftler zu dem Ergebnis kamen, daß sie nach jahrelanger Arbeit zwar mehr wußten, aber weniger verstanden als vorher. Gerade unter Teilchenphysikern und Kosmologen war der Anteil derer auffallend groß, die daran glaubten, daß es über die bekannten Naturgesetze hinaus etwas geben müsse, was sie mangels einer besseren Bezeichnung einfach Gott nannten.

Der Bericht schloß mit dem Hinweis, daß man heute zwar immer mehr Daten über das Gehirn habe, aber gleichzeitig viele wichtige Eigenschaften des Menschen, wie Intelligenz oder Gefühl, immer weniger erklären könne.

Für Joe war das klar. Wer ein Radio erforscht, der findet dabei nichts, was ihm dabei helfen könnte, das gerade gespielte Lied oder die Werbung zu verstehen.

Während sie über den Bericht nachdachte, hatte sie eine Idee für das Buch, das sie vor einiger Zeit spontan zu schreiben begonnen hatte. Sie klappte das Magazin zu, nahm die Kaffeetasse, ging ins Arbeitszimmer und schaltete den Computer ein. Statusmeldungen zogen vorüber. Nach einiger Zeit wurde der Bildschirm grau und füllte sich dann mit Symbolen. Joe startete das Textprogramm und begann zu schreiben.

Chronik von TSI-SAW SELLA
Themenauswahl: Erde, späte Frühzeit, Religion:

Es gab im letzten Abschnitt der Frühzeit (die Frühzeit dauerte von der Entstehung der Erde bis etwa 2000 Sonnenumläufe nach der dritten Ankunft des Großen Bewußtseins) auf der Erde fünf große Religionen. Sie hatten die folgenden Bezeichnungen: Buddhismus, Hinduismus,

Islam, Christentum und Wissenschaft.
Während die ersten vier aus heutiger Sicht praktisch identisch waren und ihnen verzerrte, aber im Kern wahre Mythen über das Große Bewußtsein zugrunde lagen, unterschied sich die fünfte Religion besonders dadurch, daß ihre Lehre das Große Bewußtsein nicht einschloß und ihr Schwerpunkt allein auf den materiellen und intellektuellen Fähigkeiten der Bewohner des Planeten lag. Sie ließ also weite Teile der Persönlichkeit der Planetenbewohner völlig außer acht. Diese Lehre ging sogar so weit, das Vorhandensein von nichtphysischen Phänomenen zu leugnen und sich gerade deswegen den anderen Religionen überlegen zu fühlen. (Es muß an dieser Stelle angemerkt werden, daß sich alle großen Religionen dieser Periode den anderen Weltanschauungen überlegen fühlten und diese als minderwertig erachteten.)
Die fünf Religionen beinhalteten keine Lehren, die interessant genug wären, um sich an dieser Stelle näher damit zu beschäftigen, wenngleich in der ersten Periode der Mittelzeit (die Historiker bezeichnen die Zeit zwischen dem vierten Erscheinen des Großen Bewußtseins und dem Aufbruch nach Sphäre 2 als Mittelzeit) erhebliche Anstrengungen darauf verwendet wurden zu erklären, wie eine Religion wie die Wissenschaft, die dem persönlichen Erleben der Gläubigen so fundamental widerspricht, derart viele Anhänger bekommen konnte.
Keine der genannten Religionen fand nach der Frühzeit irgendeine Beachtung.

Harry war Jonas an den Strand gefolgt. Beide waren in dem brusthohen Wasser an Land geschwommen oder gewatet. Unerkärlicherweise waren Jonas Kleider dabei trocken geblieben, während Harry triefte.
Der Mann, der im Sand gesessen und sie beobachtet hatte, war aufgestanden, als sie das Ufer erreichten und aus dem Wasser kletterten. Sein Alter war genauso unmöglich zu schätzen wie das von Jonas. Er war groß, schlank und strahlte etwas aus, das Harry nicht einordnen konnte - es war eine Aura von Tiefgründigkeit und Anders-Sein.
Noch bevor der Mann herangekommen war, sagte Jonas: „Das ist Yo, er wird dir alles erklären. Ich muß leider gleich weiter, habe noch eine Menge zu tun. Zeit existiert hier zwar nicht, ich bin aber trotzdem dauernd im Streß.“ Dann lachte er schallend über seinen gelungenen Witz und schüttelte Harry die Hand. „Mach`s gut“, sagte er und klopfte Harry auf die Schulter. Im Wasser schlug Miros gelangweilt mit dem Schwanz ins Wasser und erzeugte mannshohe Wellen, die sich krachend am stei-

len Ufer brachen. Harry sah zu, wie Jonas in der Gischt verschwand. Er spürte Yo hinter sich und drehte sich um. Sie sahen einander an, und Harry hatte das Gefühl, von den großen dunklen Augen hypnotisiert zu werden, es zog ihn regelrecht in sie hinein. Für eine winzige Ewigkeit versank die Welt um ihn herum, und er schwebte schwerelos zwischen Sternen, er selbst groß wie eine Galaxie und zugleich nicht größer als ein Atom. Größe und Kleinheit schienen einen Ring zu bilden, so daß man, wenn man sich genügend lang in eine Richtung entwickelte, auf der entgegengesetzten Seite ankam. Mikro- und Makrokosmos waren nur einen winzigen Schritt voneinander getrennt.

Das Universum drehte sich um ihn, er war das Zentrum, die Achse, um die herum sich alles bewegte. Jeder Stern, jede Galaxie war von ihm erschaffen worden. Ständig kamen Lichtpunkte hinzu, während andere verschwanden, und Harry erkannte, daß dem Ganzen eine großartige, geradezu göttliche Ordnung zugrunde lag. Er fühlte sich am Nabel der Welt, im Schoß der Schöpfung, im Mittelpunkt von allem und war doch gleichzeitig auch nur ein Stern in der Welt der anderen Sterne, die selbst das Zentrum ihrer eigenen Welt waren.

In allem lag eine Melodie, ein Akkord, eine alles umfassende Harmonie, ein Klang jenseits von Worten, der zuerst fast nicht wahrnehmbar war, dann aber immer lauter wurde und eine Form annahm, sich veränderte, kombinierte und variierte, bis Harry den Eindruck hatte, ein Wort zu hören.

„Willkommen!"

Das Wort war kein gesprochenes Wort, vielmehr eine Aussage, die vom Universum ausging und die Gestalt angenommen hatte, auch wenn Harry nicht hätte sagen können, welche Form sie hatte oder woraus sie bestand.

Langsam verdichteten sich die Worte, bildeten einen formlosen Dunst, wie Rauch, der aus einem Kamin aufsteigt, nahmen dann Form an, wurden zu einer Pupille, Lidern, einem Auge, bis Harry ein Gesicht sah, das so weit abseits von Begriffen wie Alter oder Geschlecht war, daß diese Begriffe selbst zweifelhaft wurden.

Der Anblick des Gesichts brachte Harrys Gedanken langsam in in gewohnte Bahnen zurück und das Gesicht wandelte sich in den Mann, der ihm als Yo vorgestellt worden war.

Doch anders als noch vor einigen Sekunden (oder waren es Stunden), als er Yo zum ersten Mal gesehen hatte, war Harry nun sicher, einen alten Bekannten vor sich zu haben. Es war, als ob man einen Schulkameraden nach Jahren wiedertrifft. Man weiß, daß man ihn kennt, aber es fehlt das Stichwort, das die Erinnerung anstößt.

Yo ging wortlos an die Stelle zurück, wo er zuvor gesessen hatte, und ließ sich im Sand nieder. Harry folgte seinem Beispiel.
„Du hast sicher viele Fragen", sagte Yo ohne weitere Begrüßung.
Fragen hatte Harry in der Tat mehr als genug, und er fand, daß es langsam an der Zeit war, daß ihm jemand erklärte, was hier eigentlich gespielt wurde. Er ging die Liste der offenen Punkte kurz durch und stellte dann die Frage, die ihm am meisten unter den Nägeln brannte.
„Wo bin ich hier?"
„Auf Ebene 2", antwortete Yo, und ein winziges Lächeln spielte um seine Lippen.
Harry hatte das Lächeln wohl wahrgenommen und gab seiner Stimme einen aufsässigen Unterton. „Wenn ich dann freundlicherweise erfahren dürfte, wo das ist?"
„Überall und nirgends. Ebene 2 ist kein physischer Ort, denn Raum und Zeit sind nur Illusionen. Ebene 2 ist ein psychologischer Ort - ein Zustand."
Jetzt wurde Harry aggressiv. „Und wie du sicher weißt, sind deine Antworten extrem hilfreich."
Yo antwortete nicht. Er sah ihn nur an, und der Blick schien ihm etwas sagen zu wollen. Harry erinnerte sich an einen Spruch, der ihm einmal eingefallen war und der ihm so gut gefallen hatte, daß er ihn aufgeschrieben und aufgehängt hatte.
Lerne, die richtigen Fragen zu stellen, dann kommen die Antworten von selbst.
Damals hatte er gerade „Per Anhalter durch die Galaxis" gelesen, und zwar die Stelle, an der der Computer nach Millionen Jahren dauernder Arbeit auf die Frage nach dem Sinn des Lebens, des Universums und überhaupt allem einfach „42" geantwortet hatte.
Er dachte nach. Jonas hatte auf der Reise gesagt, Yo sei ein Sprecher. Yo machte aber absolut nicht den Eindruck, als ob er viel vom Reden halten würde. Ein Sprecher war vielleicht ein Lehrer, und Harry verstand genug von Pädagogik, um zu wissen, daß das, was Yo da tat, sehr wohl Absicht sein konnte.
Er wagte einen weiteren Versuch: „Ist Ebene 2 das Paradies oder die Hölle oder so etwas Ähnliches?"
„Paradies, Hölle, Nirwana, Hades, das sind nur Bezeichnungen für Ebene 2 aus der unnötigerweise sehr beschränkten Sichtweise von Ebene 1."
„Ebene 1 ist unsere Welt?"
„Deine ehemalige Welt, die physische Realität, ja."
„Dann sind Paradies und Hölle und alles dasselbe?"

„Nein, es sind verschiedene, entstellte Sichten des Gleichen, so wie zwei Personen, die sich gegenübersitzen, verschiedene Seiten einer Vase sehen, die zwischen ihnen steht. Es ist dasselbe Objekt, und doch sieht jeder etwas völlig anderes. Jede eurer Religionen sieht Ebene 2 von einer anderen Seite."
Wenn ihm das nur einer seiner Professoren erzählt hätte, wäre Harry mit seinem Studium weit zufriedener gewesen. „Du meinst also, daß die Religionen alle wirklich einen wahren Kern enthalten?" fragte er.
„Natürlich, allerdings ist dieser wahre Kern sehr klein und durch die Jahrhunderte immer weiter verzerrt worden. Zu deiner Zeit hat keine der Religionen wirkliches Wissen über Ebene 2, aber das wird sich in fünfzig bis hundert Jahren wahrscheinlich geändert haben."
„Wie meinst du das?"
„Die Menschheit steht an der Schwelle zu neuen Erkenntnissen. Es wird Zeit, daß sie die Kindermärchen ablegt. Sie ist reif dafür, die Wahrheit in klarer Form zu hören."
„Was wird passieren?"
„Das wird sich noch zeigen, aber das Bewußtsein, das die Christen Jesus nennen, wird wieder auf die Erde kommen. Insofern haben alle Religionen recht, die die Rückkehr ihres Gottes prophezeiten, aber diese Rückkehr wird anders aussehen, als man sich das vorstellt. Es wird kein Jüngstes Gericht geben und auch keine Hölle. Sie wird nicht als Jesus erscheinen, sondern als ein anderer, der Lehren verkündet, die der Zeit und der Entwicklung der Menschheit angemessen sein werden, und sie wird mit dem Unsinn aufräumen, den die Religionen und Sekten verbreiten. Für die etablierten Religionen wird es vielleicht wie ein Jüngstes Gericht erscheinen, denn sie werden schnell in Vergessenheit geraten. Es wird ein neues Zeitalter anbrechen. Es wird sicher kein Zeitalter ohne Probleme werden, denn Probleme sind der Antrieb für Entwicklung, aber man wird dann viel mehr über das Leben wissen als heute."
„Wenn Jesus wieder als Mensch geboren wird, heißt das, es gibt Wiedergeburt?" fragte Harry. Er hatte sich mit der östlichen Reinkarnationslehre beschäftigt und kalkulierte jetzt sein Karma durch. Dabei kam er zu dem Ergebnis, daß er gute Chancen hatte, als Regenwurm wiedergeboren zu werden.
„Ja, natürlich gibt es Wiedergeburt, sonst hätte das Leben keinen Sinn. Aber keine Angst, du wirst nicht am Angelhaken enden."
Konnte er Gedanken lesen?
Harry hatte noch viele Fragen. Yo war zuletzt zwar gesprächiger geworden, aber jede seiner Antworten hatte neue Fragen aufgeworfen. Harry kannte diesen Effekt aus seinen Diskussionen mit Freunden. Bei jedem

Thema entwickelte sich das Gespräch in kurzer Zeit immer zu einem globalphilosophischen Rundumschlag.
Harry beschloß, beim Thema Wiedergeburt zu bleiben. Gerade als er zum Sprechen ansetzte, zog innerhalb weniger Sekunden vom Meer her Nebel auf, so dicht, daß man die Hand kaum vor den Augen erkennen konnte.

Joe ging ins Wohnzimmer, um Kaffee zu holen, während ihr Rechner eine Telefonnummer in Boston anwählte. Gerade als sie mit der gefüllten Tasse zurückkam, ertönte ein leiser Gong, ein Ton, den sie selbst aufgenommen und gespeichert hatte und der ihr nun signalisierte, daß sie mit VISION-2 verbunden war.
Joes Computer war eines der wenigen Produkte der Computerindustrie, das ein ansprechendes Äußeres hatte. Der schlichte Würfel mit ca. 40 cm Kantenlänge beherbergte modernste Mikroelektronik, die von dem einfachen Gehäuse erfolgreich versteckt wurde. Den Gong erzeugte ein leistungsfähiger Signalprozessor im Innern des mattschwarzen Gerätes, das von den meisten seiner Benutzer wegen der Würfelform einfach nur Cube genannt wurde.
Während Joe zum tausendsten Mal fasziniert auf den Cube starrte, lief in einem Fenster am Bildschirm des Rechners die automatische Anmeldeprozedur von VISION-2 vorbei.

You are connected to VISION-2, please identify:
Your name? joe.wild
Password? ....
You have mail.
Do you want to read it now? y
TIME: Apr, 27. / 08:42am
FROM: tom
TO: joe.wild
SUBJECT: Engel schlafen nie
Hallo, Joe!

Dein Programm läuft optimal, danke.
Ich wollte Dir heute nacht noch sagen, daß ich für einige Tage nach New York fliege und so lange nicht erreichbar bin, aber Du warst leider gleich weg.

Egal, wir sehen uns ja jede Nacht im Traum (auch wenn es Dich nicht interessiert ;-)

Bis heute nacht, Tom.

Tom hatte ihr schon öfter empfohlen, sich mit ihren Träumen zu beschäftigen, aber sie hatte immer vorgeschoben, daß sie sich nicht an ihre Träume erinnern könne, obwohl sie natürlich selbst wußte, daß das nur eine Ausrede war. Tom hatte daraufhin einmal geantwortet, daß man nur Dinge vergißt, die einen nicht interessieren und daß es ein sträflicher Fehler sei, The Source keine Beachtung zu schenken. Joe war klar, daß mit Source die Quelle hinter der Welt gemeint war, sozusagen der Sender, der für die Töne im Radio zuständig ist. Neu war für sie damals nur gewesen, daß man diese Quelle im Traum erreichen konnte. Tom hatte sich allerdings geweigert, mehr zu erzählen, und so hatte Joe die Sache, wie viele andere, auf sich beruhen lassen und gehofft, daß sich das Rätsel eines Tages von selbst lösen würde.
Sie wußte, daß es für alles den richtigen Zeitpunkt gab, und vielleicht war nun, nach dem Traum von heute morgen, die Zeit reif, um die Quelle zu suchen. Vielleicht würde sie Tom tatsächlich noch einmal im Traum treffen, und wenn nicht, würde sie zumindest mit ihm diskutieren können, was sie erlebt hatte, wenn er wieder da war.
Joe meldete sich ab, und VISION-2 schickte ihr die gewohnten Abschiedsgrüße. Sie war in Gedanken noch bei ihrem Traum, als sie das Fortune ausdruckte, und nahm den Text erst bewußt wahr, als sie die Seite aus dem Drucker nahm, um sie in die Mappe zu legen.
Die Tatsache, daß die Wirklichkeit ein Traum ist, bedeutet nicht, daß sie nicht real ist. Wer seine Träume erforscht, wird sehen, daß die Traumwelt so real ist wie die Wirklichkeit.
Es überraschte Joe schon lange nicht mehr, daß die Sprüche, die ihr VISION-2 präsentierte, so oft zu den Gedanken paßten, die sie gerade hatte. Sie legte das Blatt zu den anderen, nahm einen Notizblock, ging ins Schlafzimmer und warf sich aufs Bett.

Harry rief nach Yo.
Keine Antwort.
Um sich herum sah er nur dichtes Weiß. Hin und wieder riß der Nebel an einer Stelle auf und gab den Blick auf Bäume frei, die vorher nicht

dagewesen waren. Harry verspürte nicht das geringste Bedürfnis, im dichten Nebel durch einen unbekannten Wald zu laufen, blieb einfach sitzen und beobachtete, wie ihm seine Augen in dem konturlosen Nebel bunte Figuren vortäuschten. Harry sah Kreise, Spiralen und Muster, die er nicht zu beschreiben vermochte. Abstrakte Formen fanden sich zu Gesichtern zusammen und waren im nächsten Moment ein Berg oder ein Baum. Konnten solche Erlebnisse die Inspiration für Kunstwerke sein? Konnte, wenn es so war, ein Betrachter auch nur annähernd erfassen, was ein Kunstwerk bedeuten sollte? Wie sollte sich jemand in die Welten hineindenken, die sich hinter den Stirnen der Kreativen befanden? Eine Vernissage war von Anfang an zum Scheitern verurteilt, wenn dort ein Bild besprochen wurde, das seinen Ursprung in solchen Sekunden eines Lebens hatte. Hatten Künstler solche Erlebnisse öfter? Diese und andere Gedanken gingen, begleitet von wildkolorierten Orgien aus Formen, durch Harrys Kopf, und so verschlechterte sich seine Stimmung merklich, bis sich der Nebel nach einiger Zeit auflöste, die Farben verschwanden und die Sicht wieder klar wurde.

Harry saß auf einer düsteren Waldlichtung. Die Szenerie war unwirklich, wie im Märchen oder in einem surrealistischen Film; er hörte seltsame Geräusche, und um ihn herum standen uralte, hohe Bäume, in denen Nebelschwaden hingen, die aussahen wie Gespenster. Lichtpunkte, die aussahen wie Augen, erschienen im Gebüsch und verschwanden. Wurde er beobachtet? Heulten da draußen Wölfe, oder spielte ihm seine Phantasie einen Streich? Ein bleicher Mond schien durch die Bäume und vermochte nicht die Düsternis zu erhellen - im Gegenteil, die Fahlheit der schmalen Sichel verstärkte die Kälte, die in Harry hochzukriechen begann.

Als er sich vorsichtig auf der Lichtung umsah, fand er, von Büschen fast verdeckt, einen schmalen Pfad und beschloß zu erkunden, wohin er führte - war es doch egal, ob er hier oder im Unterholz von den Wölfen gefressen wurde.

Diese Ebene 2 war ein grausamer Ort, der sich, kaum daß man sich an irgend etwas gewöhnt hatte, verwandelte und einen von neuem mit dem Unerwarteten, ja mit dem Unmöglichen konfrontierte. Diese abrupten Wechsel, diese Stimmungen, woher kannte er so etwas? Das einzige, was dem nahekam, war ein Traum.

Traum?

Natürlich!

Er träumte!

Wieso war er nicht schon früher darauf gekommen? Das war die Lösung. So chaotisch, wie es hier zuging, konnte es nichts anderes als ein

Traum sein. Harry hatte schon davon gehört, daß man aufwachen konnte, während man weiterträumte, aber er hatte es noch nie erlebt; zumindest bis jetzt nicht.
Nun gut, als Traum war das alles noch zu ertragen. Trotzdem wollte Harry zurück in die Realität und zwickte sich voller Überzeugung, im nächsten Moment in seinem Bett aufzuwachen, fest in den Arm.
Nichts geschah!
Harry war irritiert und zwickte sich noch einmal, diesmal so fest er konnte. Ein Schmerz zuckte durch seinen Arm, aber es passierte nichts. Doch kein Traum!
Harry fluchte. „Na gut", rief er den Bäumen trotzig zu, „euch werde ich es schon zeigen, wer hier der Herr ist!" und stapfte los. Der Weg war steinig und verwachsen, aber Harry kämpfte sich tapfer durch das Buschwerk, das streckenweise so dicht war, daß er glaubte, sich verirrt zu haben. Aber immer, wenn er mit dem Gedanken spielte, umzukehren, wurden die Büsche nach wenigen Schritten lichter und der Weg wieder deutlich sichtbar.
Nach einiger Zeit veränderte sich die Stimmung. Die Düsternis wich, der Weg wurde breiter, und die Vegetation sah grüner aus als vorher. Alles wirkte freundlicher, und an einigen Stellen schien sogar Morgengrauen durch die Baumkronen.
Harry kam an einer Quelle vorbei, spritzte sich zur Erfrischung etwas von dem eiskalten Wasser ins Gesicht und trank einen Schluck. Es schmeckte herrlich, er konnte sich nicht erinnern, jemals so gutes Wasser getrunken zu haben. Seine Laune wurde langsam besser, und der Wald schien ihn aufzumuntern. In der Rinde majestätischer Bäume sah Harry Gesichter, die ihn anlachten, und der Bach begleitete ihn wie ein Hund, floß neben dem Weg, verschwand spurlos im Unterholz, nur um wenig später überraschend wiederaufzutauchen und munter zu plätschern.
Dann sah Harry in der Ferne ein Licht.
Auf einer Waldlichtung stand ein riesiger Baum, an dessen Stamm eine Laterne hing, die Harry wohl von weitem gesehen hatte. Sie beleuchtete eine schwere Holztür, und es gab eine Glocke mit einem Seil, an dessen Ende ein geschnitzter Griff befestigt war.
Harry läutete, und im selben Moment, - er hätte sogar schwören können, daß es um den Bruchteil einer Sekunde eher war, als er an dem Seil gezogen hatte, - hörte er eine tiefe Stimme sagen: „Komm herein, die Tür ist offen!"
Vorsichtig drückte er gegen die Tür, und sie öffnete sich mit fürchterlichem Quietschen. Der Baum war innen hohl, und an der Wand führte eine Wendeltreppe nach oben. Harry schloß die Tür und machte sich an

den Aufstieg.
Viele Stufen und noch mehr Spekulationen über sein weiteres Schicksal später stieß er auf eine Tür, die nur angelehnt war. Durch den Spalt fiel ein heller Streifen Licht auf die Stufen. Um seine Unsicherheit zu verbergen, trat Harry mit einem entschlossenen Schritt ein, sah sich um und blieb vor Schreck erstarrt stehen.
Die gegenüberliegende Wand war ein riesiges Gesicht aus Rinde. Es war klar, daß es lebte. Es war das Gesicht des Baumes und der Baum hieß Djom. Das alles wußte Harry so sicher wie seinen eigenen Namen. Der Schock steckte ihm in allen Gliedern, und die Tatsache, daß das Gesicht durchaus freundlich aussah, half nicht gegen die eisige Faust, die nach seiner Kehle griff.
Der Raum, der aus dem Baum herausgearbeitet worden war, war fast leer; da standen nur ein niedriger Tisch mit einem großen Schachbrett und ein kleiner Hocker. Auf dem Schachbrett waren seltsame, aufwendig geschnitzte Holzfiguren verteilt.
Harry wagte nicht, sich zu bewegen.
„Setz dich", sagte der Baum mit hölzerner Stimme, die den Raum erzittern ließ, und Harry folgte der Anweisung mit weichen Knien. Er ging zu dem Hocker, der vor dem Schachbrett stand, und ließ sich nieder. Um das Gesicht nicht anstarren zu müssen, studierte er das Schachbrett. Beim ersten Blick war schon klar gewesen, daß das kein normales Schachbrett war. Auf dem Brett waren achtzehn Figuren verteilt, und es hatte in jeder Richtung elf Felder. Die Figuren waren in komplexen geometrischen Formen aufgestellt, sie bildeten miteinander Quadrate und Dreiecke, und jede Figur war Teil mehrerer Formen. Einige standen sogar gemeinsam auf einem Feld. Alle waren Darstellungen von Menschen, und Harry erkannte auf den ersten Blick einen Mönch, einen König, einen Wanderer, eine Prinzessin und eine Zauberin. Der Rest waren mehr oder weniger normale Männer und Frauen aus verschiedenen Epochen. Außerdem stand neben dem Brett noch die Figur eines Gelehrten. Die Figuren waren Meisterwerke aus edlem Holz und sahen so aus, als könnten sie jeden Moment zum Leben erwachen.
Harry fühlte den Blick und konnte nicht anders, als das Gesicht wieder anzusehen. Obwohl es keine richtigen Falten hatte, wirkte es durch die Rinde uralt, geradezu archaisch. Die Augen aus blank poliertem Holz wirkten dagegen lebendig und munter und sahen Harry an.
Der nahm seinen Mut zusammen, zeigte auf das Brett und fragte: „Was ist das?"
„Ein Symbol für das Leben und die Zeit", antwortete Djom und lachte. Verdammt, ging dieses Rätselspiel schon wieder los! Harry wurde wü-

tend, aber dann siegte doch die Besonnenheit. Immerhin hatte der Anflug von Ärger die Angst verdrängt, und anstatt sich aufzuregen, erinnerte sich Harry an das Erlebnis mit Yo und versuchte, die richtigen Fragen zu stellen.

„Wo ist das Leben?" fragte er.

„Jede Figur ist ein Leben in Ebene 1", antwortete der Raum.

„Und wo ist die Zeit?"

„Jedes der Felder steht für ein Jahrhundert auf Ebene 1. In der Mitte ist das Jahrhundert, in dem Jesus sein Leben auf Ebene 1 lebte. Zeit ist ein Hilfsmittel von Ebene 1, um Erfahrung zu strukturieren. Hier auf Ebene 2 gibt es keine Zeit. Alle Zeit ist gleichzeitig, genau wie du hier einen Zeitraum von 12000 Jahren auf einmal überblickst. Und alle deine Leben sind gleichzeitig."

„Meine Leben?" fragte Harry und sah das Gesicht skeptisch an.

„Natürlich. Yo ließ mich wissen, daß du etwas über Wiedergeburt erfahren möchtest. Deshalb bist du doch gekommen."

„Du kennst Yo?"

Der Baum lachte wieder, und dieses Lachen klang wie ein Erdbeben. Harry fürchtete um sein Leben, wich ein Stück zurück und wäre fast vom Hocker gefallen.

„Natürlich kenne ich Yo, wir sind eine Familie. Wir sind Teile der gleichen Persönlichkeit, Yo ist ein Teil von mir, und ich bin, was Yo einmal sein wird. Wir sind zusammen mit vielen anderen Wesen auf Ebene 1 und 2 ein kollektives Bewußtsein, das sich seit der Erschaffung von Ebene 1 darum kümmert, daß die Menschen ihre wahren Wurzeln nicht vergessen. Viele unserer Inkarnationen auf Ebene 1 wissen zwar nichts von ihrer Aufgabe, aber sie stehen im Traum mit uns in Kontakt, wo ihnen Wissen eröffnet wird, das sie an die Menschheit weitergeben. Wir sind alle Sprecher. Der Apfel fällt nicht weit vom Stamm."

Beim letzten Satz hatte Harry plötzlich ein Bild von einem riesigen Baum vor sich, dessen prächtige Zweige und Blätter in die einzelnen Jahrhunderte hineinreichten und die in ihrer Zeit als Beispiel für andere Bäume dienten. Auf unerklärliche Weise schien von jedem Ast, ja von jedem Blatt, das Wissen des Baumes mit all seinen Teilen auszugehen. Alle trugen zu einem gemeinsamen Baum-Sein bei, ohne daß ein Blatt oder ein Ast in seinen Entfaltungsmöglichkeiten beschränkt war.

Dann sah er wieder den Wald, durch den er gekommen war, mit seinen vielen großen und kleinen Bäumen und wußte, daß er selbst ein Blatt an einem solchen Baum war und daß jeder Baum in diesem Wald ein Wesen war, wie es Djom eben beschrieben hatte, und er erkannte, daß jedes Blatt ein Lebewesen war, das seinen Interessen nachging und auf magi-

sche Weise mit seinem Baum und dem ganzen restlichen Wald Erfahrungen austauschte. Die Menge der Verästelungen und ihrer Verbindungen machte Harry schwindlig.
Irgendwo in dem Chaos hörte er eine Stimme seinen Namen sagen, konzentrierte sich auf sie. Nach einem Moment sah er wieder in das inzwischen vertraute Gesicht. „Was war das?" fragte er.
„Du hast meine Erklärung in eigene Symbole übersetzt", sagte Djom mit einer Stimme, die jetzt weich, ja geradezu samten klang, „du hast sie verwandelt in eine Form, die du verstehst. Das ist ein sehr natürlicher Vorgang, wie beim Träumen, und du hast ein sehr treffendes Bild gewählt.
Hier auf Ebene 2 leben die Gedanken, sie drängen darauf, sich in Ereignisse zu verwandeln, erlebt zu werden. So wie vorhin, als du dich mit Yo unterhalten hast. Da hast du irgendwann nicht mehr durchgeblickt, um einen deiner Ausdrücke zu verwenden, deshalb kam Nebel auf. Dann bist du durch den Wald geirrt, den du nicht verstanden hast. Als du selbst wieder etwas fröhlicher wurdest, wurde das auch der Wald, und du schicktest dir den Bach, um dich aufzumuntern. Und du hast ein Licht gesehen, einen Ort, wo man Licht ins Dunkel bringt, wo man dir erklären kann, was hier passiert. Du hast deine Stimmungen, Gedanken und Gefühle in symbolische Erlebnisse umgesetzt. Alles, was du erlebst, ist nichts weiter als das Spiegelbild deiner Seele. Das ist immer so, hier wie auf Ebene 1.
Apropos Symbol, bevor ich es vergesse. Siehst du den kleinen Kasten, der neben dir steht?"
Harry nickte. Das geschnitzte Holzkästchen, das halb unter dem Tisch am Boden lag, war ihm schon aufgefallen, als er sich hingesetzt hatte.
„Öffne ihn und nimm den Inhalt heraus."
Harry hob den Deckel und sah eine Kette mit einem Anhänger darin liegen. Beide waren aus einem seltsamen Metall, rötlich wie Kupfer und matt wie Platin.
„Dieses Symbol, es wird dir helfen, zu Yo zurückzufinden, wenn du sie brauchst."
Harry nahm die Kette vorsichtig heraus und betrachtete sie genauer. Sie lag wie eine Feder in seiner Hand, war viel leichter als Metall. Der Anhänger war so groß wie eine Münze, ein schmaler Ring, in dem zwei ineinander verschlungene Spiralen aufeinander zuliefen, bis sie sich in der Mitte trafen. Er hängte sich das Amulett um, und bevor er fragen konnte, wie er Yo damit wiederfinden sollte, sprach der Baum weiter.
„Die Figuren hier auf dem Brett oder die Blätter des Baumes aus deiner Vorstellung sind deine Inkarnationen in Raum und Zeit. Hier eine Prie-

sterin in Ägypten, 3000 vor Christi Geburt, dort 900 vor Christus ein Schiffbauer am Nil, danach eine Römerin zur Zeit Christi Geburt und so weiter. Aber diese Leben sind nicht nacheinander, wie es auf Ebene 1 gelehrt wird, sondern alle sind gleichzeitig, und auch dein nächstes Leben kannst du in der sogenannten Zukunft oder Vergangenheit beginnen, ganz wie es deinen Bedürfnissen und Wünschen entspricht."
Harry versuchte, das alles zu verstehen. Er war tot, soviel war klar. Und er konnte wieder ein Leben beginnen, wenn er das gerade richtig verstanden hatte, entweder in der Zukunft oder in der Vergangenheit. Und er hatte vorher schon gelebt.
Er schaute das Spielfeld an und sah einige Figuren, deren Positionen weit nach seiner Zeit waren. „Und ich habe auch schon in der Zukunft gelebt?" fragte er nachdenklich.
„Nein, du lebst in diesem Augenblick viele Leben auf Ebene 1, und einige davon liegen nach dem Leben, das du kennst, andere davor, und außerdem bist du einmal auf Ebene 2", sagte Djom und blickte dabei auf die einzelne Figur, die neben dem Brett stand.
„Ich bin also gleichzeitig lebendig und tot?" Harry konnte es nicht glauben.
„Nein, du bist gleichzeitig auf Ebene 1 und 2. Du mußt verstehen, daß die Zeit in der Form, wie du sie erlebt hast, eine Illusion ist. Zeit ist eine Dimension wie der Raum. Und genau so, wie Punkte in einem Raum nicht aufeinander folgen, sondern gleichzeitig existieren, so existieren auch alle Momente gleichzeitig.
Stell dir einen Seiltänzer vor. Solange er auf dem Seil steht, kann er nicht herumlaufen, wie er möchte, nur vorwärts oder rückwärts und immer einen Schritt nach dem anderen. Das bedeutet aber nicht, daß man sich im Raum nicht in alle Richtungen bewegen könnte. Das Leben auf Ebene 1 ist wie Seiltanzen auf der Zeit; man vergißt, daß man auf einem Seil steht und daß man sich in der Zeit in jeder beliebigen Richtung bewegen kann. Nicht nur Schritt für Schritt vorwärts. Du bist gleichzeitig auf Ebene 1 und auf Ebene 2. Deine Leben sind alle parallel. Hier gibt es keine Zeit."
Harry war alles andere als überzeugt. „Aber ich war doch vorhin am Strand, dann war ich im Wald, und jetzt bin ich hier. Das eine war früher als das andere. Das ist doch Zeit."
„Nein, du bist so sehr an das Denken mit Zeit gewöhnt, daß du sie überall hineininterpretierst. Was dich hierhergebracht hat, war eine Gedankenkette, Assoziationen - das hat mit Zeit nichts zu tun. So ein Gedankengang hätte dich auch erst ins 44. Jahrhundert und dann ins Mittelalter führen können. Wir sind hier zu keiner bestimmten Zeit, die

Zeit ist woanders, nämlich auf Ebene 1", sagte Djom und sah zu dem Brett.
Harry versuchte noch einmal zu rekapitulieren. „Also, ich lebe ein Leben, irgendwann sterbe ich, und danach suche ich mir ein neues Leben in irgendeiner anderen Zeit, das dann gleichzeitig zu meinem Leben ist, in dem ich gerade gestorben bin. Es folgt zwar das eine auf das andere, aber es hat nichts mit Zeit zu tun?"
„Genau. Es gibt übrigens auch kein Karma, keine Schuld, die von einem Leben ins andere übertragen und dort abgebüßt wird. Vielmehr beeinflußt jeder Augenblick eines jeden Lebens sofort alle anderen Momente aller anderen Leben. Alle Augenblicke sind miteinander verbunden, so wie die Blätter der Bäume alle miteinander verbunden sind. Jeder Gedanke eines Lebens ist ein Samen, der in einem anderen Leben auf fruchtbaren Boden fallen und sich weiterentwickeln kann. Manche Leben befruchten sich gegenseitig sehr stark, weil sie sich mit demselben Thema beschäftigen, andere weniger. Schau dir die Verbindungen an. Sieh genau hin!"
Harry sah die Figuren an und sah zunächst nichts.
Plötzlich entdeckte er bei einer Frau im Mittelpunkt des Brettes ein leichtes Flimmern, das die Gestalt wie ein Faden mit einer anderen Figur verband, die auf dem Feld schräg daneben stand.
Nun, da Harry wußte, wonach er suchen mußte, sah er immer mehr solcher Spuren und auch Funken, die zwischen manchen Gestalten hin- und herflogen. Das ganze Spielfeld war mit einem so dichten Netz von Beziehungen überzogen, daß sich Harry wunderte, warum er sie vorher nicht gesehen hatte.
„War das vorhin auch schon da?" fragte er.
„Ja, aber du hast es nicht verstanden, deshalb hast du es nicht gesehen."
Djom deutete auf die beiden Frauen, die Harry zuerst aufgefallen waren. „Hier, in diesen beiden Leben beschäftigst du dich mit Partnerschaft. Die Frauen sind einander sehr ähnlich. Obwohl 1000 Jahre zwischen ihnen liegen, stehen sie sich sehr nahe. Die eine hat schon sehr früh geheiratet, während die andere es vorzieht, allein zu leben. Sie tauschen im Traum ihre Erfahrungen aus, und ihre Erlebnisse inspirieren sich gegenseitig. Und keine von beiden hat das Gefühl, daß sie etwas verpaßt, denn jede hat unbewußt am Leben der anderen teil.
„Und diese beiden hier", er zeigte auf zwei andere Frauen, die weit auseinander auf dem Spielfeld standen, „haben sich zur Aufgabe gemacht, die Natur des Lebens zu erkunden - und wie du siehst, sind sie mit dir hier verbunden."
Die Figuren bildeten zusammen mit Harrys Figur am Rand des Brettes

ein gleichmäßiges Dreieck, und jede war mit den anderen beiden durch eine helle, klare Leuchtspur verbunden. Die Verbindungen der drei waren die eindrucksvollste Struktur auf dem Brett, so eindrucksvoll, daß Harry die anderen filigranen Verbindungen in der Struktur übersah, zum Beispiel die Funkenkette, die zu einem Mann führte, der auf dem Feld des 20. Jahrhunderts stand, dort wo Harrys Figur zu Lebzeiten ihren Platz gehabt hätte.
Harry studierte statt dessen die Figur einer Ägypterin, sie war eine der beiden Frauen in dem Dreieck. Sie trug ein weißes Gewand, wie er es von Bildern kannte, und etwas Goldschmuck. Aber den beachtete Harry kaum, er sah nur ihre Augen. Er hatte das Gefühl, daß sie echt waren, sie schienen durch das pulsierende Flimmern zu leben, und Harry war, als würden sie ihn ansehen. Während er wie hypnotisiert dasaß, hörte er ein dumpfes Geräusch, und seine Augenlider wurden schwer.

Rah'yr rief nach Ebiel, ihrer Dienerin, und nach einem Moment erschien eine zierliche Frau und fragte: „Was kann ich für dich tun?"
Eine solche Frage, ohne respektvolle Anrede, hätte für eine normale Dienerin eine schwere Strafe oder den Tod bedeutet, denn Rah'yr war die Hohepriesterin der Göttin Hathor und damit eine der geachtetsten Frauen im Land. Selbst die Königin begegnete ihr mit Respekt.
Doch Ebiel war keine normale Dienerin. Sie war Priesterin der Isis und diente Rah'yr zum Zeichen der Verbundenheit beider Gottheiten, so wie Ramis, Rah'yrs Tochter, der Hohepriesterin von Isis diente.
Außerdem war Ebiel Rah'yrs Geliebte.
„Bereite mir ein Bad, in drei Stunden ist die Zeremonie."
Rah'yr hätte es nicht eigens erwähnen müssen, denn natürlich wußte Ebiel, daß heute Hathors Tag war, schließlich war Hathors Tag einer der wichtigsten Tage im Jahr. Sie nickte nur und verschwand wortlos hinter dem Vorhang.
Eine Stunde später saßen sie zusammen in einem großen runden Becken aus seltenem Stein, das mit heißem Wasser gefüllt war und nach magischen Kräutern und Ölen duftete. Während Ebiel sie wusch und ihren Körper verwöhnte, dachte Rah'yr an das Ritual. Wenn sie mit dem Bad fertig war, würde Ebiel sie ankleiden und in den Tempel führen, und ihr Geist würde, von den Ölen und Ebiels Händen entrückt, bereit sein, das Land der Götter zu betreten. Sie würde Hathor gegenübertreten und von ihr ein Orakel erhalten, das sie entziffern und weitergeben würde.

Rah'yr fühlte den warmen Atem auf ihrer Haut und öffnete die Lippen, nur einen Augenblick bevor sich ihre Zungen trafen und ein subtiles Spiel begannen; sie neckten, forderten, gaben und verwöhnten, wie es nur zwischen zwei Frauen möglich ist, die einander schon lange lieben. Sie liebten einander jetzt schon seit fünf Jahren, hatten viele Nächte zusammen verbracht, und jede von ihnen kannte den Körper der anderen wie den eigenen.
In Rah'yrs Leben spielten Männer keine Rolle, sie waren roh, herrisch und verstanden die Sprache der Götter nicht. Selbst Hohepriester der anderen Gottheiten waren in ihren Augen nur unsensible Klötze, die nicht einen Funken ihrer Aufmerksamkeit wert waren.
Ebiel strich Rah'yr durch die Haare, und ihre Fingerspitzen wanderten über die Konturen des Gesichts, über die Stirn, die Augen weiter zum Hals und zum Nacken. Ihre Hände strichen zärtlich über Rah'yrs Körper, und sie biß Rah'yr vorsichtig in den Hals, bevor ihre Zunge hinunterwanderte und bei ihren Brüsten verweilte. Rah'yrs Geist schwamm in einem warmen See aus Sternen.
Nach einiger Zeit, - Rah'yr wußte nicht, ob es Stunden oder Tage waren - wurden Ebiels Bewegungen sehr langsam, sehr vorsichtig. Die Hohepriesterin war jetzt fast am Höhepunkt ihrer Lust, im Land der Göttin Hathor, an der Grenze, die sie auf keinen Fall überschreiten durfte.
Ebiel küßte sie auf die Stirn, tupfte ihr die Tropfen aus dem Gesicht und streichelte sie zärtlich. Dann half sie ihr auf und führte sie zu der warmen Marmorbank, wo sie Rah'yr vorsichtig abtrocknete, ihren Körper massierte und mit duftendem Öl einrieb.
Zufrieden registrierte sie, daß Rah'yr bereit war, Hathor gegenüberzutreten. Es war Zeit zu gehen. Sie setzte ihre Meisterin vorsichtig auf, richtete ihr die Haare und kleidete sie in ein Gewand, dessen schwarze und weiße Hälfte in feinen Mustern ineinander übergingen.
Dann führte sie die Hohepriesterin, die wie in Trance war, langsam durch einen langen Flur nach unten in den Tempelraum.
Der Tempelraum war ein kreisrunder Dom, einige Meter unter der Erde. Durch einen Kamin im höchsten Punkt der Decke war diffuses Licht zu sehen. Die Sonne schien nur an einem Tag im Jahr, genau um die Mittagszeit, für wenige Minuten in den Tempel. Dieser Tag war heute. Der Tag Hathors!
Ebiel betrachtete im Halbdunkel den Boden, der mit geheimen Schriftzeichen versehen war, die sie nicht verstand und die kreisförmig um das Zentrum angelegt waren. Das Zentrum selbst war ein Kreis von vier Metern Durchmesser, eine schwarze und eine weiße Hälfte und die gleichen Muster wie auf Rah'yrs Gewand. Fast in der Mitte stand eine klei-

ne silberne Schale mit Flüssigkeit. Ansonsten war der Raum leer.
Gerade als Ebiel Rah'yr in die Mitte führte und wartete, bis sie vor der Schale niederkniete, fand der erste schmale Sonnenstrahl seinen Weg durch die Öffnung in der Decke, und für einen Moment erschien es ihr, als ob Rah'yr mit dem Symbol am Boden verschmolzen wäre. Selbst ihre sehr helle Haut und die pechschwarzen Haare wurden Teil des Zeichens, das Liebe und Tod bedeutete.
Ebiel konnte jetzt nichts mehr für ihre Meisterin tun und entfernte sich rasch und lautlos.
Der Strahl wurde langsam breiter, und bald stand die Sonne genau über dem Tempel. Eine Lichtsäule umhüllte Rah'yr und tauchte sie in Gluthitze, während der Boden wie zum Trotz noch kälter zu werden schien, ja es schien, als wollten die Elemente einen Kampf um diesen zierlichen Körper führen, der da regungslos zwischen ihnen kniete.
Rah'yr stöhnte leise und griff langsam mit halbgeschlossenen Augen nach dem silbernen Gefäß und führte es an ihre Lippen. Bittersüßer Geruch stieg ihr in die Nase und ließ Erinnerungen an eine Zeit hochsteigen, die sie schon fast vergessen hatte, an die Zeit, als sie selbst noch eine junge Priesterin war und sich ihr Körper über Jahre hinweg an immer größere Mengen des Getränks gewöhnen mußte.
Sie trank den Inhalt der Schale mit kleinen Schlucken und ließ die bittere Flüssigkeit ihre Kehle hinunterlaufen. Dann stellte sie das Gefäß ab und erwartete ruhig die Wirkung des Giftes.

Harry öffnete die Augen. Er sah noch immer in dieselben Augen, in dasselbe Gesicht, das von gleißendem Licht umgeben war. Aber der Raum um ihn herum war verschwunden, oder er hatte sich verändert. Er saß nun in einer Höhle, in die von oben die Sonne hereinschien.
Es kam ihm wie eine Ewigkeit vor, bis sich die Augen an die Dunkelheit gewöhnt hatten; dann erkannte er, daß die Höhle ein menschliches Bauwerk war, kreisrund, mit glatten Wänden und mit Verzierungen am Boden.
Und erst jetzt bemerkte er, daß er nicht mehr in das Gesicht einer Holzfigur sah, sondern in das einer Frau aus Fleisch und Blut, die bewegungslos in der Mitte des Raumes kniete und ihn mit leerem Blick anstarrte.
Er sah sich noch einmal um. Die Schriftzeichen am Boden waren ägyptische Hieroglyphen, daran gab es keinen Zweifel. Vor der Frau am

Boden stand eine leere Silberschale, auf deren Innenseite die gleichen Muster eingraviert waren wie das Mosaik, auf dem sie kniete.
Das Mosaik war eine phantastische Arbeit, zwei Halbkreise flossen in atemberaubenden Strukturen ineinander, die sich kleiner werdend wieder und wieder selbst enthielten, bis sie so fein wurden, daß Harry nicht mehr erkennen konnte, wann die Wiederholung aufhörte.
„Wer bist du?" zischte eine Frauenstimme, und Harry hatte das Gefühl, daß sein Herz für einen Schlag aussetzte. Er sah die Figur, nein die Frau an, aber seine Zunge klebte am Gaumen, er brachte kein Wort heraus.
„Wie kommst du hierher? Kein Mann darf diesen Tempel betreten, weder Mensch noch Geist. Meine Mutter wird dir bei lebendigem Leib die Haut abziehen."
Aus ihren Augen funkelte Feindseligkeit. Sie hatte den Mund nicht bewegt, während sie sprach, die Worte waren einfach in Harrys Kopf aufgetaucht.
Den Empfang bei einer seiner Inkarnationen hatte er sich wirklich etwas freundlicher vorgestellt. Harry überlegte, wie er der Frau klarmachen sollte, daß sie praktisch eines seiner Leben lebte, als die Stimme wieder in seine Gedanken platzte.
„Mistkerl! Du wagst es, mich deine Sklavin zu nennen, mich, die in direkter Linie von den Göttern abstammt. Die Eier sollen dir abfallen!"
Harry wußte nicht, ob er lachen oder sich ängstigen sollte. Die Drohung war einer seiner Lieblingsflüche, allein das bewies, daß sie eine seiner Inkarnationen war. Auf der anderen Seite war die Sache nicht ganz ungefährlich, vielleicht hatte ausgerechnet sie die Mittel, diese Drohung wahrzumachen. Auf Ebene 2 war ja anscheinend nichts unmöglich.
Die Situation war ziemlich verzwickt. Er hatte keine Ahnung, wie er hierherkam, geschweige denn wie er zurückfinden sollte. Seine Beine lagen wie Blei am Boden, an Aufstehen war nicht zu denken, und wenn diese Frau auch nur einen Teil von dem verwirklichen konnte, was sie angedroht hatte, stand ihm noch einiges bevor.
Wieder unterbrach die Stimme seine Gedanken. „Du trägst Yos Zeichen. Wer bist du?" Sie klang jetzt unsicher, und Harry sah sie verwirrt an. Ihr Blick war ungläubig auf seine Brust gerichtet. Unbewußt griff sich Harry an den Hals und spürte das Amulett, das er von Djom bekommen hatte.
Bevor er etwas erwidern konnte, begann an einer Stelle im Raum die Luft zu flimmern, und in dem weißen Leuchten wurde eine Gestalt sichtbar. Das Leuchten nahm langsam an Intensität zu, die Farbe veränderte sich ins Violett, und in der Lichtsäule konnte man eine menschli-

che Kontur erahnen. Der Körper wurde deutlicher und deutlicher, und endlich erkannte Harry, daß es Yo war.
„Hathor, Göttin, Mutter, wer ist das?" fragte die Frau.
„Hi, Yo! Wer ist das?" fragte Harry.
„Hallo, Harry. Du solltest inzwischen verstanden haben, wen du vor dir hast. Djom hat es dir erklärt."
„Ja, sie ist ein anderes Leben von mir. Aber wer ist sie? Was macht sie hier? Und wie komme ich hierher?"
„Das bist du, als Hohepriesterin der Göttin Hathor in Ägypten, 3000 Jahre vor Christi Geburt, und sie beschwört eben ihre Gottheit, um deren Lehre zu empfangen.
Diese Gottheit bin zufällig ich, und da die Lektion auch für dich interessant ist, hast du dich von dem Ereignis anziehen lassen und bist jetzt hier. In Träumen tust du oft das gleiche. Du besuchst dich dort in deinen anderen Leben und nimmst an Erlebnissen teil, die dir in deinem aktuellen Leben helfen. Dann übersetzt du sie in eigene Symbole, so wie vorhin die Bäume, an die du dich dann beim Aufwachen erinnerst. Oder wenn du über ein Problem nachdenkst und dir plötzlich unvermittelt die Lösung einfällt, dann hast du bei deinen Brüdern und Schwestern nachgesehen, ob jemand helfen kann oder ob jemand bereits etwas Ähnliches erlebt hat. Es kann sogar sein, daß du nach einem Leben ein neues beginnst, in dem du dich mit einer bestimmten Aufgabe beschäftigst. Und das kommt dir dann noch während dem Leben zugute, das gerade vorbei ist. Gleichzeitigkeit, du weißt es bereits."
Harry sah zu Rah'yr hinüber, die die ganze Zeit zugehört hatte, und dachte nach. Wiedergeburt, Gleichzeitigkeit, im Vergleich zu dem, was er seit seinem Tod gehört hatte, waren die ihm bekannten Reinkarnationslehren geradezu einfach zu verstehen. Ein Leben nach dem anderen, aufgereiht wie Perlen an einer Schnur, dazwischen eine Gedächtnislücke und etwas Sünde, die man erst im nächsten oder übernächsten Leben abbüßen mußte. Schöne, einfache Theorien, so einfach zu benutzen wie Fertigmenues für die Mikrowelle, genau das richtige für simple Gemüter. Harry mußte lachen. Für simple Gemüter wie ihn selbst, schließlich hatte er bis vor kurzem auch daran geglaubt. Egal, die neue Version gefiel ihm viel besser, auch wenn er sich noch nicht ganz sicher war, ob er alles richtig verstanden hatte.

Sie fühlte in sich, bis sie ihren Lichtkörper fand, und schlüpfte hinein. Dann sah sie sich um und erschrak.
Sie war nicht allein.
Ein grobschlächtiger Mann mit primitiven fremdartigen Gesichtszügen hatte Hathors Tempel entweiht.
„Wie kommst du hierher?“ zischte sie ihn an. „Kein Mann darf diesen Tempel betreten, weder Mensch noch Geist. Hathors Falken werden dir bei lebendigem Leib das Fleisch von den Knochen fressen.“
Sie spürte seine Antwort mehr, als daß sie sie hörte: „Diese Sklavin bereitet mir einen ungehörigen Empfang.“
Wut stieg in ihr hoch. „Frevler! Du wagst es, mich eine Sklavin zu nennen, mich, die in direkter Linie von den Göttern abstammt. Die Hoden werden dir dafür am Leib verfaulen.“
An seinem Gesicht sah sie, daß er den Fluch ernst nahm. Er würde den Tag nicht überleben. Wenn Hathor kam, würde sie ihn mit all ihrer Macht bestrafen, er würde bereuen, geboren worden zu sein.
Mit überlegener Miene sah sie den Fremden an und erschrak wieder.
Er trug Hathors Amulett. Niemand außer ihr selbst, nicht einmal Ebiel, kannte das Symbol. War er etwa ein Gesandter Hathors? Unmöglich, niemals hätte sie einen Mann geschickt. Ein Dämon? Aber welcher Dämon würde es wagen, sich mit der mächtigen Göttin Mutter zu messen? Sie musterte das andersartige Gesicht noch einmal, und es erschien ihr nun nicht mehr so primitiv. Seine helle Haut bewies, daß er ein Adeliger war.
Etwas war an seinen Augen, das sie beunruhigte, und Kälte umfaßte ihr Herz. Sie hatten eine seltsame Farbe, aber das war es nicht. Sie hatte diese Augen schon einmal gesehen. Irgendwo. Sie hatte das Gefühl diese Augen gut zu kennen.
Ebiels Augen? Nein!
Er hatte ihre eigenen, Rah'yrs Augen.
„Du trägst Hathors Zeichen. Wer bist du?“ fragte sie, aber er kam nicht mehr dazu zu antworten, denn ein gleißender Blitz durchzuckte den Raum, und die übermächtige Hathor erschien, auf einem Falken reitend, aus dem Licht.
„Hallo, Yo, wer ist das?“ fragte der Fremde und zeigte auf sie.
„Hathor, Göttin, Mutter, wer ist das?“ fragte Rah'yr und zeigte auf den Fremden.
Hathor begann mit gütiger Stimme zu sprechen.
„Höre meine Worte und verbreite sie unter den Sterblichen. Dieser, den du hier vor dir siehst, ist dein Bruder, aus einem fremden Land, weit außerhalb des Königreiches Ägypten. Nicht von dieser Welt, sondern

von weit hinter den Tagen.
Jeder Mensch hat solche Brüder und Schwestern, nicht von den leiblichen Eltern, sondern von der großen unsterblichen Seele, die einem jeden Mutter und Vater ist. Jeder stammt von einer göttlichen Familie ab, zu der er im Traum zurückkehrt. Und im Traum eröffnen euch die Brüder und Schwestern die Antworten auf eure Fragen. Darum achtet eure Träume, wie ihr eure Geschwister achtet, denn in den Träumen wird euch die Weisheit eurer Familie und die Weisheit der Götter zuteil. Doch die Geschwister sprechen eine andere Sprache, nämlich die Sprache eurer göttlichen Familie, und nicht jeder kann sie verstehen, denn diese Sprache ist nicht von dieser Welt. Deshalb muß, wer seine Geschwister verstehen will, ihre Zeichen lernen. Doch ihre Zeichen sind auch die euren, denn ihr stammt von derselben Familie ab, und die Bedeutung der Zeichen ist in euch und wird dem eröffnet, der sie wirklich sucht.
Und höre, deine Geschwister bleiben bei dir, auch nach dem Tod. Und wenn ihr nach dem Tod aus der Lichtwelt in diese Welt zurückkehrt, wird es der Körper eines Bruders oder einer Schwester weit hinter der Zeit sein, der dir gegeben wird, und die Geschwister werden deinen Körper bekommen, und ihr werdet eins werden, denn ihr seid Teile des großen ewigen Geistes, der euch euer Leben geschenkt hat, in seiner unendlichen Güte. Und euer Leben währt ewig, und ihr werdet wachsen wie ein Baum, bis in den Himmel und darüber hinaus."
Rah'yr sah den Fremden, der ihre Augen hatte, an. Ein Bruder? Dann war er Hathors Sohn. Es mußte so sein, denn er trug das Zeichen.
Die Sonne war fast verschwunden und ihr Körper rief nach ihr. Sie prägte sich Hathors Worte ein, und ihr Lichtkörper verschmolz mit ihrem Fleisch. Sie öffnete die Augen. Hathor und der Fremde waren verschwunden, aber Hathors Worte hingen noch klar in ihrem Geist.
Sie rief nach Ebiel.

Als Joe erwachte, griff sie sofort zu ihrem Notizblock und versuchte, sich daran zu erinnern, was sie geträumt hatte.
Ich erinnere mich an eine Pyramide. Ich war in Ägypten, am Nil. Ich war Priesterin, nein Lehrerin. Ich unterrichtete zwei Kinder, einen Jungen und ein Mädchen. Der Junge hieß Gregor, wie das Mädchen hieß, weiß ich nicht. Es waren keine Geschwister, oder doch, sie hatten dieselbe Mutter, aber andere Väter. Und sie kannten sich vorher nicht, erst durch mich.

Das Mädchen hielt mich für eine Priesterin und der Junge glaubte, ich sei ein Gelehrter. Er hielt mich für einen Mann.
Ich habe den beiden erklärt, wie ein Hologramm funktioniert und daß Träume wichtig sind. Auf dem Hologramm war eine große Familie abgebildet.
Joe strengte sich an, aber mehr wollte ihr nicht einfallen. Doch - irgend etwas war mit Bäumen gewesen. Aber was? War das überhaupt derselbe Traum?
Sie legte den Stift beiseite und las noch einmal, was sie geschrieben hatte.
Was konnte der Traum bedeuten? Sicher war er wichtig, sonst hätte sie den Kindern nicht erklärt, daß Träume wichtig sind. Und die Priesterin und der Gelehrte reflektierten vielleicht Teile ihrer Persönlichkeit, den weiblich-intuitiven und den männlich-rationalen.
Aber wieso war es so wichtig, daß die Kinder verschiedene Eltern hatten? Joe fragte sich, was Mutter und Vater für sie bedeuteten, und schrieb die Wörter untereinander auf ihren Block. Dann notierte sie daneben, ohne nachzudenken, spontan die Begriffe, die ihr dazu einfielen.

Vater: Mann, rational, überlegt, real
Mutter: Frau, intuitiv, spontan, Muttererde, spendet Leben, spirituell

Bei den letzten Begriffen hatte Joe das Gefühl, daß sie von Bedeutung wären. Aber sie konnte sich keinen Vers darauf machen.
Zu dem Hologramm im Traum fiel ihr ein, was Tom einmal in einer ihrer nächtlichen Sitzungen über Wiedergeburt gesagt hatte.
Er hatte behauptet, daß man, wenn man Zeit als eine Dimension wie den Raum ansehen würde, was ja auch physikalisch mehr oder weniger bewiesen sei, akzeptieren müsse, daß alle Punkte in der Zeit nebeneinander existieren. Unter dieser Prämisse sei aber die übliche Wiedergeburtsvorstellung, vor allem die Karmalehre, sinnlos, weil sie auf einer Zeitfolge aufgebaut ist.
Statt dessen, war Tom der Ansicht, die vielen Leben seien wie ein Hologramm. Wenn man bei einem Hologramm einen Teil abschneiden würde, hatte er erklärt, erhielte man zweimal das ursprüngliche Bild, nur undeutlicher als vorher. Bei den Leben eines Menschen sei das genauso. Ein Leben sei nicht unabhängig von allen anderen, sondern es sei Teil einer Gesamtpersönlichkeit und würde, wie das Hologramm, das Gesamtselbst im Kleinen widerspiegeln.
In jedem Leben sei die ganze Persönlichkeit mit all ihren Fähigkeiten und Eigenschaften zu erkennen. Und wie sich ein Kratzer an einer Stelle

des Hologramms sofort auf das ganze Bild auswirkt, würden sich die Veränderungen eines jeden Lebens sofort in allen anderen widerspiegeln. Außerdem seien die Teilpersönlichkeiten natürlich nicht statisch wie ein Bild, sondern würden sich laufend verändern und sofort auf die anderen Teile wirken.
Joe war damals noch lange spazierengegangen, hatte nachgedacht und das Gefühl gehabt, daß Toms Erklärung richtig sei, ohne daß sie sie rational verstanden hatte. Das hatte sich bis heute nicht geändert.
Hatte das Hologramm aus ihrem Traum wirklich etwas mit Wiedergeburt zu tun? Und wieso spielte der Traum in Ägypten? Und was hatte das Ganze mit ihrer weiblichen und männlichen Seite zu tun? Sie wußte, daß das alles Bilder waren, die ihrem Unterbewußtsein entsprangen, aber wie konnte sie sicher sein, welche Bedeutung sie hatten?
Joe wußte nicht, was sie mit ihrem Traum anfangen sollte. Immerhin hatte sie sich an ihn erinnert, das war schon ein Erfolg. Sie überlegte, ob sie Tom schreiben sollte, dann sprang ihr Verstand ein und erinnerte sie daran, daß er die nächsten Tage nicht dasein würde.
Joe rang für ein paar Sekunden mit sich und entschloß sich dann, doch anzurufen. Zum einen konnte es nichts schaden, zum anderen versuchte sie seit einigen Monaten, wirklich spontane Ideen zu erkennen und ihnen nachzugeben. Der Anstoß dazu kam von einem von Toms Fortunes, das sie damals wie ein Blitz getroffen hatte.

Spontane Gedanken sind wie Edelsteine, die am Straßenrand liegen.Man kann daran vorbeigehen, ohne je zu merken, daß sie da waren,oder man kann den Blick dafür schärfen.Wer gelernt hat, sie zu erkennen und ihnen zu vertrauen, der wird sich fragen, wie er je ohne sie auskam.

Joe schaffte es inzwischen immer öfter zu erkennen, wann ein Gedanke unvermittelt in einem Denkprozeß auftauchte, ohne richtig dazuzugehören. Früher hatte sie solche Ideen, die knapp an der Grenze zum Unbewußten entlangtrieben, vom Verstand einfach wegwischen lassen und es nicht einmal gemerkt.
Erst in den letzten Monaten hatte sie eine Art Alarmglocke entwickelt, die sie auf solche Inspirationen aufmerksam machte, und sie hatte festgestellt, wie treffend der Vergleich mit den Edelsteinen war.
Ihr Haus hatte sie zum Beispiel auf diese Weise gefunden. Sie hatte lange gesucht, und keines der Häuser, die sie angesehen hatte, hatte ihr gefallen. Dann hatte sie in einem Laden einen Zettel mit der Überschrift „Haus zu verkaufen“ gesehen, und ihr Verstand hatte gesagt, daß ein Haus, das mit einem Zettel an der Tür verkauft wird, nicht taugen

kann. Joe war vorbeigegangen, dann hatte die Alarmglocke geklingelt, sie war zurückgegangen und hatte danach gefragt.
Es gehörte dem Besitzer des Ladens, der in eine andere Stadt ziehen und es selbst verkaufen wollte, weil er etwas gegen Immobilienmakler hatte. Er hatte es zusammen mit einem befreundeten Architekten entworfen, und es war genau das Haus, das Joe gesucht hatte. Es war phantastisch: Viel Holz, halboffene, durch Treppen und Galerien miteinander verbundene Räume, ein herrlicher Wintergarten, fast vollständige Selbstversorgung mit Energie und an den Außenwänden Efeu bis zum Dach. Der Zettel hing erst seit einer Stunde im Schaufenster, und Joe hatte das Haus gekauft.
Solche Edelsteine hatte sie inzwischen oft in ihren scheinbar nutzlosen Ideen gefunden.
Sie ging ins Arbeitszimmer, drückte am Rechner, der immer noch lief, auf eine Taste und wartete auf den leisen Gong.

You are connected to VISION-2, please identify:
Your name? joe.wild
Password? ....

*** talk from tom: „hi, joe, so ein *zufall*! ich sitze hier gerade mit meinem laptop am flughafen in der vip-lounge und wollte sehen, wie es dir geht."
$ talk tom „woher wußtest du, daß ich komme?"
*** talk from tom: „ich wußte es nicht, ich habe es geahnt. außerdem habe ich dich gerufen."
$ talk tom „daher meine spontane idee, vision-2 zu besuchen?"
*** talk from tom: „yup."
$ talk tom „zumindest ein erfolgserlebnis, wenn ich meinen traum schon nicht verstehe."
*** talk from tom: „falsch: zwei erfolgserlebnisse! offensichtlich hast du dich an einen traum erinnert."
$ talk tom „also gut. das glas ist halbvoll, nicht halbleer. was machst du in ny?"
*** talk from tom: „verhandlungen mit pacific-games. die wollen das neue system auch. von dem geld kannst du noch ein auto kaufen, wenn du noch eines brauchst."
$ talk tom „neues auto muß nicht sein, kotflügel reparieren reicht. aber bei den werkstattpreisen kommt das fast aufs gleiche raus :-)"
*** talk from tom: „hier will noch jemand auf die line. ich muß schluß machen."

$ talk tom „wann bist du wieder hier?"
*** talk from tom: „verlaß dich auf dein gefühl. bye"
$ talk tom „bye!"
*** error: can't reach tom
$ logout

Wieder ein kleiner Edelstein in der Sammlung.
Joes Magen meldete sich, und sie beschloß, erst einmal etwas zu essen.

Harry hatte das Gefühl, als würde er aus einem kurzen Schlaf erwachen, und sah sich irritiert um. Er erkannte Djom und das Zimmer im Baum wieder. Vor ihm stand noch immer das Schachbrett, das keines war.
„Ich muß wohl eingeschlafen sein und habe geträumt, daß ich bei dieser ägyptischen Frau war", sagte er entschuldigend und deutete auf die Figur.
Djom lächelte. „Du warst in der Tat bei Rah'yr und hast in den Verlauf von Dingen eingegriffen, die du im letzten Leben als längst vergangen angesehen hättest."
Als er das hörte, fand Harry endlich den Punkt, der ihm schon die ganze Zeit unlogisch vorgekommen war. „Jetzt kriege ich dich", dachte er.
„Du meinst, ich kann die Vergangenheit verändern?"
„Natürlich, genau wie die Zukunft. Wieso auch nicht, beide sind schließlich nur ein Gedankengebilde, eine Metapher. Alles ist gleichzeitig."
„Könnte ich dann auch in mein Leben als Harry eingreifen?" fragte er und hoffte, daß es wie eine Nebensächlichkeit klang.
Djom nickte, sah ihn nachdenklich an und sagte langsam: „Natürlich könntest du das."
„Er merkt, daß ich ihn in die Enge treibe", freute sich Harry innerlich und sprach weiter: „Angenommen, ich erscheine mir in der Nacht, bevor ich mich für das Philosophiestudium entschieden habe, im Traum und bringe mich dazu, am nächsten Tag doch dem Vorschlag meiner Eltern zu folgen und mich statt dessen für Elektrotechnik einzuschreiben. Dann hätte ich den Unfall nicht gehabt, weil ich in Hamburg studiert hätte, und könnte also nicht hier sein."
Harry war zufrieden mit seiner brillanten Logik, die aus einem Science-fiction-Roman stammte, in dem der Held mit einer Zeitmaschine in die Vergangenheit reist und versehentlich seine Geburt verhindert. Harry

sah das Gesicht in der Wand erwartungsvoll an.
„Dann würdest du dem wahrscheinlichen Harry, der Elektrotechnik studiert, mehr Gewicht verleihen, während der Harry, der Philosophie studiert, in der Überpersönlichkeit, von der ihr alle abstammt, an Wichtigkeit verliert“, antwortete Djom und lächelte ein ähnlich kühles und überlegenes Lächeln, das Harry gerade im Gesicht gefror.
Harry erkannte, daß er einen Fehler begangen hatte. Aus Unsicherheit hatte er den Baum als Gegner gesehen, statt zu begreifen, daß Djom nur versuchte, ihm seine neue und seine alte Welt zu erklären. Jetzt fühlte er sich wie ein kleiner Junge, der beim Naschen erwischt wurde. „Wer ist bitte der wahrscheinliche Harry, der Elektrotechnik studiert?“ fragte er zurückhaltend.
Langsam kehrte die Wärme in Djoms Augen zurück. „Das kann dir Mischa am besten erklären, er ist unser Spezialist für dieses Thema. Schließ einfach die Augen, denke an deine Frage und an den Namen Mischa.“
Widerwillig, mit einem flauen Gefühl in der Magengegend schloß Harry die Augen. Hätte er diese Sache nur nicht angesprochen. Womöglich würde er wieder in einer abstrusen Situation landen, und vielleicht würde man ihm diesmal wirklich die Haut abziehen. Am liebsten hätte er die Sache auf sich beruhen lassen und die Augen sofort geöffnet, aber er wollte nicht feige sein. Also dachte er mit gemischten Gefühlen an sein Problem und an den Namen Mischa.
Nichts passierte. Eine Minute lang versuchte er, das Problem zu verstehen, er beleuchtete es von allen Seiten und streute wieder und wieder den Namen Mischa ein, aber es tauchten weder eine Antwort noch eine Person auf.
Irgendwann öffnete er die Augen.
Es war stockdunkel, es war sogar so dunkel, daß man nicht den Unterschied zwischen offenen und geschlossenen Augen erkennen konnte. Es war eine Schwärze, wie er sie noch nie erlebt hatte, und sie beunruhigte ihn. Zu allem Überfluß war ein Geräusch zu hören, ein Klappern, das in kurzen Abständen wiederkehrte.
Er hatte Angst. Nach einer Weile des Zuhörens nahm er all seinen Mut zusammen und fragte vorsichtig in die Finsternis hinein: „Gibt es hier Licht?“
Harry wußte nicht, was er erwartete, aber er zuckte zusammen, als ihm eine kehlige Stimme aus dem Dunkel antwortete: „Wenn du Licht brauchst, dann denk dir welches!“
Wer konnte das gewesen sein? Um das herauszufinden, schloß er die Augen und stellte sich vor, wie der Teer einer Fackel verbrannte und wie

das unregelmäßige Flackern die Wände eines unterirdischen Verlieses erhellen würde und wie Tiere, aufgeschreckt durch das Licht, in ihre Löcher flüchten würden. Als Harry fast das rauhe Holz in der Hand spürte, öffnete er die Augen und hielt zu seinem Erstaunen zwar keine Fackel, aber immerhin eine Taschenlampe in der Hand.
Keine feuchten, schimmeligen Wände, keine Mäuse, die das Weite suchten, aber eine rotgetigerte Katze, die einen Würfel in der Pfote hielt und jetzt ins Licht blinzelte. Das Tier war fast so groß wie er, oder er war so klein wie die Katze, das konnte Harry nicht ausmachen. Auf jeden Fall stimmten ihn die Größenverhältnisse sehr nachdenklich, vor allem, weil das Tier weder besonders freundlich noch besonders satt aussah.
„Äh, wenn ich störe, mußt du es nur sagen, dann verschwinde ich sofort", sagte Harry mit entschuldigendem Tonfall und dachte bei sich: „Wenn ich nur wüßte, wie."
„Nein, bleib nur", schnurrte die Katze und klang dabei viel freundlicher, als sie aussah. „Ich bin gleich fertig. Nur noch ein paar Sekunden."
Dann würfelte sie, und Harry nutzte die Gelegenheit dazu, sich in Ruhe umzusehen. Der Strahl der Taschenlampe beleuchtete einen kleinen Raum. Er sah aus wie eine Kiste von innen, hatte kein Fenster und keine Tür und war bis auf Harry, die Katze und eine seltsame Apparatur völlig leer. Die Wände bestanden aus breiten Holzplanken mit grober Struktur und verstärkten Harrys Gefühl, daß die Katze die richtige und er selbst die falsche Größe hatte. Aus dem Gerät in der Ecke des Zimmers ragte ein verschlossener Glaskolben heraus, und wie so oft in letzter Zeit kam Harry die Situation nicht ganz unbekannt vor. Es lag Unheil in der Luft.
„Ich bin fertig", unterbrach ihn die Katze in seinen Gedanken und legte den Würfel zur Seite. „Was kann ich für dich tun?"
„Ich komme von Djom. Bist du Mischa?" fragte Harry vorsichtig.
„Höchstpersönlich! Schön, daß du meinen richtigen Namen kennst", antwortete das Tier, „die meisten nennen mich nämlich immer nur Schrödingers Katze, so als ob das Wichtigste in meinem Leben die Tatsache sei, daß mich dieser Schrödinger erfunden hat."
Harry wurde übel. „Schrö-din-gers Kat-ze?" Jetzt wußte er, wozu die Maschine gut war.
Er erinnerte sich daran, was er in einem populärwissenschaftlichen Magazin über das Gedankenexperiment gelesen hatte: Es ist eine Kernaussage der Quantentheorie, daß sich Vorgänge auf subatomarer Ebene nur noch als Wahrscheinlichkeiten darstellen und nicht mehr als konkrete Ereignisse. Zum Beispiel läßt sich in einem Versuch zeigen, daß Teilchen, die auf eine Platte mit zwei Schlitzen zufliegen, auf einem dahin-

ter aufgestellten Fotopapier nicht einzelne Einschläge hinterlassen, sondern ein Interferenzmuster; so als ob die Teilchen durch beide Schlitze gleichzeitig geflogen wären. Auf Quantenebene - und nur dort - ist der Ausgang eines Experiments so lange unklar, bis das Ergebnis gemessen wird. Der österreichische Physiker Schrödinger gab Anfang dieses Jahrhunderts zu bedenken, daß sich die quantenmechanische und die makroskopische Welt nicht trennen ließen und illustrierte das mit folgendem Gedankenexperiment: In einem Behälter wird eine Katze mit einem Apparat eingeschlossen, in dem der Zerfall eines einzelnen Atoms mit fünfzig Prozent Wahrscheinlichkeit einen Glaskolben zerstört, der Giftgas enthält.

In dieser Anordnung hängt der Tod der Katze von einem quantenmechanischen Ereignis ab, also müßte die Katze so lange lebendig und tot sein, bis jemand das Ergebnis überprüft.

Harry kannte auch eine populärphilosophische Erweiterung dieser Theorie, die besagt, daß sich beim Öffnen des Kastens das Universum verdoppelt und einmal mit lebendiger und einmal mit toter Katze weiterexistiert. Das gleiche würde passieren, wenn irgendwo im Universum ein Atom zerfällt.

Das Experiment und seine Konsequenzen waren ein Thema, über das sich abends bei ein paar Flaschen Rotwein hervorragend philosophieren ließ.

Nun aber, direkt davon betroffen, sah Harry mißtrauisch zu der Apparatur hinüber, in deren Innern der Zerfall eines Atoms über Leben und Tod entscheiden würde.

„Stimmt etwas nicht?“ fragte Mischa.

„Nein, nein, alles okay“, log Harry und behielt das Gerät weiter im Auge.

„Du siehst wirklich etwas bleich aus“, sagte die Katze.

„Ich heiße übrigens Harry“, lenkte dieser ab und fragte weiter: „Wie kommt es, daß ich dich hier treffe? Du bist doch nur ein Gedankenexperiment.“

„Gedanken sind wesentlich realer als die meisten Menschen aus Fleisch und Blut“, erwiderte Mischa beleidigt. „Es zählt vor allem, ob man etwas bewirkt, und immerhin beschäftige ich die Menschen schon seit vielen Jahren. Das ist mehr, als die meisten Leute von sich behaupten können.“

„Entschuldige, es war nicht so gemeint“, sagte Harry und fragte die Katze: „Was hast du denn mit dem Würfel vor?“ Er konnte sich nämlich nicht erinnern, daß in dem Experiment ein Würfel vorkam.

Mischa grinste breit. „Damit wische ich diesem Schrödinger eins aus.

Dieser Mistkerl riskiert hier mein Leben für seine dumme Theorie. Als ob es ein Schlafgas oder etwas Futter nicht auch getan hätten? Nein, es muß ausgerechnet Giftgas in diesem Kolben sein. Dieser Mörder!"

„Und wie hilft dir dabei der Würfel?" fragte Harry weiter, der wieder einmal nicht verstand.

Mischa kam mit verschwörerischer Miene näher. „Nun, jede Person besteht aus allen möglichen Lebenspfaden, die man sich denken kann. Jeder meint zwar, daß er sich immer nur für eine Alternative entscheidet, aber in Wirklichkeit verdoppelt man sich einfach, fast so wie Schrödinger vermutet hat. Aber eben nur fast, denn nicht das ganze Universum teilt sich jedesmal, wenn eine Entscheidung zu treffen ist, sondern nur der Teil davon, den die Entscheidung verändert. Wieso sollte es die ganze Welt zweimal geben, nur weil in China ein Fahrrad umfällt? Deshalb teilt sich meistens nur die Person, die die Entscheidung betrifft. Man lebt eben alle Möglichkeiten durch. Die Persönlichkeit richtet vielleicht auf manche Wege mehr Aufmerksamkeit als auf andere, aber alle werden ausprobiert. Jede Persönlichkeit enthält alternative Wege, sie hat Verästelungen wie ein Blatt. Ein Blatt mit nur einer Faser wäre eine recht dürre Angelegenheit, nicht wahr? Erst die Neben- und Neben-Neben-Verzweigungen machen schließlich ein Blatt zu dem, was es ist."

Harry überlegte. Jetzt ergab das, was Djom gesagt hatte, einen Sinn. Er studierte also parallel auch Elektrotechnik, und man konnte nachträglich die Gewichte verlagern. Deshalb würde der Zweig, in dem er jetzt war, trotzdem weiterexistieren. Manchmal hatte er von anderen Studienfächern geträumt. Vielleicht war er im Schlaf sogar mit diesen anderen Harrys zusammengetroffen. Wenn man seine anderen Leben im Traum treffen konnte, dann mußte das natürlich mit den anderen Alternativen des gleichen Lebens möglich sein.

Mischa redete weiter: „Manche Pfade führen auch wieder zusammen, wenn die Entscheidung keine weitreichenden Folgen hat. Spätestens am nächsten Morgen ist es egal, ob du am Vorabend im Kino Chips oder Popcorn gegessen hast. Also verschmelzen die beiden alternativen Harrys über Nacht einfach wieder, indem jeder von ihnen träumt, daß er das andere getan hat. Dann haben sie fast wieder die gleiche Vergangenheit, und die Gesamtpersönlichkeit zersplittert nicht so stark."

Die Katze war sichtlich stolz, daß sie ihr Wissen zum besten geben konnte.

„Das Ganze wird natürlich sehr unübersichtlich, weil sich die wahrscheinlichen Leben dauernd trennen und dann verschmelzen und zu allem Überfluß auch noch Rückwirkungen passieren, denn alles ist gleichzeitig, wie du sicher weißt. Wenn du dich entscheiden mußt, kann es

sein, daß du dich in drei Personen teilst, von denen eine auf die Erfahrungen der anderen beiden wartet. Diese leben ihre Entscheidung ein wenig durch und geben ihre Erfahrung in die sogenannte Vergangenheit, wo sich der dritte dann endlich auch noch entscheidet, während der erste womöglich seinen Entschluß in der Vergangenheit doch noch revidiert und auf einen anderen Wahrscheinlichkeitsast springt. Dann verschmilzt der erste mit dem zweiten, weil sie auf demselben Weg sind, und der dritte rennt allein los, macht aber andere Erfahrungen als der erste, weil er von dessen Experiment schon einiges Vorwissen hat.
Es ist immer wieder erstaunlich, wie die auf Ebene 1 das alles verdrängen und behaupten, sie hätten nur eine Vergangenheit. Aber wahrscheinlich würde man auch verhungern, wenn man bei der Überlegung, ob Honig oder Marmelade zum Frühstück, immer nachdenken müßte, ob ja oder nein, oder vielleicht, oder möglicherweise auch erst abwarten, oder dann auf halbem Weg doch anders, oder wie wäre es mit Fisch, oder doch nicht, weil eine alternative Persönlichkeit gerade eine Fischvergiftung bekommen hat."
Ausnahmsweise war für Harry alles klar. Es war, als hätte ihm Mischa das kleine Einmaleins erklärt. Er fühlte sich richtig gut. „Dann hatte Schrödinger recht", sagte er.
„Überhaupt nichts hat er!" fauchte Mischa und klang plötzlich richtig gefährlich, so daß Harry einen Schritt zurückwich. Er hatte inzwischen völlig vergessen, daß Mischa nur ein Gedankenexperiment war. „Erstens hat er das mit der Zeit nicht kapiert, obwohl Einstein schon damals gesagt hat, daß Zeit relativ ist, und zweitens hat er kein Recht, ein Lebewesen in die Welt zu setzen, um es dann gleich umzubringen!"
Dann deutete die Katze mit verschwörerischer Miene auf den Würfel, und ihre Augen funkelten. „Aber diesem Tierquäler vermaßle ich die Tour. Ich habe jetzt mehr als hundertmal gewürfelt, habe mich jedesmal versechsfacht, und jeder von den sechs hat weitergemacht. Damit gibt es jetzt viel mehr lebende Mischas als tote, weil die ja nicht würfeln können, nicht wahr?
Dann geht das Experiment immer so aus, daß ich überlebe, und alle glauben, daß sich Schrödinger geirrt hat. Oder vielleicht kommen so viele Katzen aus dem Kasten, daß wir die Weltherrschaft übernehmen und solche Experimente verbieten."
Dann schnurrte Mischa zufrieden und würfelte begeistert weiter.
Harry bezweifelte den letzten Teil von Mischas Theorie, sagte aber nichts. Statt dessen überlegte er fieberhaft, wie er in dem alternativen Zweig bleiben konnte, in dem er überlebte. Das dumme war, daß er keine Möglichkeit sah, den Verlauf der Dinge zu beeinflussen. Es ging hier

nicht darum, selbst zu entscheiden, ob Marmelade oder Honig aufs Brot, sondern um ein Atom, das nach Lust und Laune zerfallen konnte, oder auch nicht.
Seine Phantasie ging mit ihm durch, und er sah sich selbst, wie er auf einem Weg ging und wie dieser sich an einer Abzweigung teilte. Einer der Wege führte zu einem Sarg, und Harry, der wieder einmal vergessen hatte, daß er bereits tot war, wußte, daß es sein eigener sein würde, wenn die Maschine losging. Dann tauchten weitere Harrys auf. Einer ging den Weg einfach zurück, und ein anderer stand plötzlich im Raum und fing an, an der Maschine zu montieren. Und noch einer untersuchte die Wände, während sich wieder einer von einem Augenblick auf den nächsten einfach in Luft auflöste.
Harry sah auch den Augenblick wieder, als er mit Gott und dem Teufel allein gewesen war und nach dem dritten Weg gesucht hatte. Wieso diese Szene? Wieso ausgerechnet jetzt? Irgend etwas hatte sie mit seiner jetzigen Situation zu tun, aber was? Suchte er jetzt gerade in seiner Vergangenheit nach einer Lösung oder hatte er die Lösung in der Zukunft gefunden und schickte sie an sich selbst, den jetzigen Harry? Oder waren beide Erlebnisse alternative Versionen des gleichen Ereignisses?
Ihm kam eine Idee. Ja, es konnte klappen! Er mußte es schaffen, in das damalige Ereignis hinüberzuwechseln; von dort aus würde er weitersehen. Er wollte vor allem von dort weg. Wie in Trance ging Harry an die Stelle in dem Kasten, wo die Szene mit den Göttern noch undeutlich zu sehen war.
Nichts passierte - kein Blitz und ihm wurde auch nicht schwarz vor Augen.
Harry sah statt dessen seinen anderen alternativen Versionen zu, die wie ein Schachcomputer alle Möglichkeiten durchprobierten, um aus dem Kasten zu kommen. Es wurden immer mehr, und Harry erinnerte sich an die Situation, als er erkannt hatte, daß er tot war. Damals war ihm das Gleiche passiert, aber jetzt, nach Mischas Erklärungen, war ihm klar, daß alle diese möglichen Erlebnisse ein integraler Bestandteil seines Lebens waren, auch wenn er sie nicht selbst durchlebte.
So hatte er sich das Leben nach dem Tod nicht vorgestellt.

Harry saß ratlos im Gras und starrte seinen toten Körper durch das Spinnennetz der Risse in der Scheibe an.
Ein Räuspern ließ ihn aufschrecken. Dann sagte eine tiefe, getragene Stimme: „Ich habe dich erwartet." Vor ihm saß auf einem riesigen Thron ein Mann mit grauen Haaren, langem Bart und einer Robe, die schon vor hundert Jahren unmodern gewesen wäre. Der Mann deutete auf einen Stuhl zu seiner Rechten und sagte: „Nimm Platz."

„Bin ich hier allein?“ wollte Harry eigentlich fragen.
Stattdessen sagte er aber: „Sorry, ich habe jetzt keine Zeit, vielleicht sehen wir uns später noch.“ Dann drehte er sich um, und plötzlich wußte er auch, wie er wieder zurückfinden würde. Er schloß die Augen, stellte sich das Zimmer vor und dachte an die Situation und an den Namen.
Plop.
„Schließe einfach die Augen, denk an deine Frage und an den Namen Mischa“, hörte er eine Stimme sagen.
In diesem Augenblick hätte er vor Freude fast geschrien. Er öffnete die Augen, strahlte und sagte stolz: „Danke, hat sich erledigt. Ich hatte das schon verstanden, bevor ich hier ankam, weil Mischa mir das später erklären wird und ich finde, die anderen Harrys sollten auch etwas davon haben.“
Während er das sagte, formte sich in seinem Hinterkopf ganz klein eine Idee, so klein, daß Harry nichts bemerkte. Nichtsdestotrotz war diese Idee geboren, sie nistete sich in seinem Bewußtsein ein und würde wachsen, und viel später, in einem geeigneten Augenblick, würde Harry sie entdecken.
Djom lachte: „Jetzt, da du weißt, wie man sich hier bewegt, solltest du zurück zu Yo. Sie möchte dir noch etwas erzählen.“
„Alles klar“, sagte Harry, „see you later.“ Er tippte kurz an den Anhänger, den er immer noch trug, und verschwand.

„Interessant?“ fragte eine Stimme.
„Mmmh“, antwortete Greg, ohne von seinem Buch aufzuschauen.
„Darf ich mich setzen?“ fragte die Stimme.
„Mmmh“, antwortete Greg, während er weiterlas.
„Heißt das ja oder nein?“ hörte er die Stimme sagen.
Greg beschloß, nach Augenschein zu entscheiden, ob er ja oder nein gesagt hatte, und sah von seinem Buch auf. Vor seinem Tisch stand eine sympathisch aussehende Frau, die wahrscheinlich etwas älter war als er und unter deren legerer Kleidung sich eine atemberaubend gute Figur andeutete.
Vielleicht war sie auch jünger als er selbst, bei Altersschätzungen lag er häufig daneben, und die Frau sah verdächtig danach aus, als ob er bei ihr einen neuen persönlichen Rekord im Fehlschätzen aufstellen könnte. Auf jeden Fall sah sie so aus, als ob er „ja“ gesagt hätte. Er beschloß, sie

trotzdem noch etwas hinzuhalten: „Gefallen dir die anderen Tische nicht?"
„Doch, aber dort finde ich die Gesprächspartner etwas öde", erwiderte sie, ohne eine Miene zu verziehen.
Greg sah sich kurz um und grinste breit. „Wenn das so ist ..." - die anderen Tische waren frei.
Sie stellte ihr Weinglas und ihr Chili con carne auf den kleinen Holztisch, zog einen Stuhl heran und setzte sich. Dann nahm sie eine kleine Flasche aus dem Ständer in der Mitte des Tisches und rührte einen halben Eßlöffel Tabasco unter die Bohnen.
„Gefällt dir das Buch?" fragte sie und hielt, nachdem sie einen Schluck getrunken hatte, das Glas fest, als ob sie Angst hätte, daß es vom Tisch fallen könnte.
„Kennst du es?"
„Beantwortest du Fragen immer mit Gegenfragen?"
„Ja."
„Was ja? Das Buch oder die Gegenfragen?"
„Beides! Im übrigen kann ich Leute nicht leiden, die auf Gegenfragen immer mit Gegengegenfragen antworten."
Es war sozusagen Liebe auf den ersten Blick.
Sie hatten sich eine Stunde lang über dies und jenes unterhalten und das Chili war kalt geworden. Greg hatte trotzdem einen Löffel probiert und sofort ein halbes Glas Bier hinterhergekippt, so scharf war es. Das Bier hatte das Brennen zwar noch schlimmer gemacht, aber er tat sein Bestes, um es sich nicht anmerken zu lassen.
Er hatte erzählt, daß er im vierzehnten Semester Informatik und Philosophie studierte, nebenher jobbte und zwei Katzen hatte.
„Gleiches zieht sich an, kosmisches Gesetz!" hatte sie nur gesagt und erzählt, daß sie Programmiererin sei. Die nächste Stunde war für Fachsimpelei draufgegangen, Betriebssysteme, der neue Rechner von Steve Jobs, Programmiersprachen und so weiter. Irgendwann hatten sie sich für den Abend zu Jazz am See verabredet, und sie hatte die Rechnung für beide bezahlt.
Greg hatte abends zwei Joints mitgebracht, die in Hülsen von Filterzigaretten steckten, und deren Geruch unter den Umstehenden suchende Blicke ausgelöst hatte. Lets-Fetz hatte wilden Free Jazz gespielt, und sie hatten gespürt, wie das Grass seine Wirkung entfaltete und wie sich das eben noch chaotische Spiel der Instrumente plötzlich wie auf dem Reißbrett gezeichnet vor ihnen auftat, wie scheinbar zusammenhanglose Melodien miteinander verwoben waren, wie sich Themen gegenseitig aufnahmen und Tonfolgen beendet wurden, die erst später anfingen.
Und sie hatten zugesehen, wie im Hintergrund die Sonne unterging.

Nach dem Konzert waren sie am Ufer spazierengegangen, wo sich der Mond im Wasser spiegelte.
„Ich glaube, es wird langsam Zeit, daß wir gehen. Mir wird kalt", sagte Greg.
„Apropos gehen", sagte Joe und kicherte bekifft, „gehen wir zu dir, oder gehen wir zu mir?"
Greg versuchte ein völlig gelangweiltes Gesicht aufzusetzen, was ihm nicht ganz gelang, und antwortete: „Also, paß mal auf, Mäuschen, wenn du nicht weißt, was du willst, dann lassen wir es lieber."
Joe war einen Moment perplex, fing sich aber sofort und begann, sein Hemd aufzuknöpfen: „Ich weiß genau, was ich will. Ich werde jetzt erst einmal dafür sorgen, daß dir wieder warm wird."
Im Verlauf der Ereignisse der nächsten halben Stunde raunte sie ihm irgendwo zwischen Marihuanarausch und Lust zu: „Wir werden heute so lange vögeln, bis dir die Eier abfallen." Für den Bruchteil einer Sekunde tauchte in Greg die Erinnerung auf, daß ihm das am Abend zuvor im Traum jemand gesagt hatte, und er fragte sich, ob er hellsehen konnte. Außerdem wollte er eine Bemerkung wegen ihrer wenig romantischen Ausdrucksweise machen, verdrängte aber beide Gedanken, da er und seine Zunge im Augenblick ziemlich beschäftigt waren.
Viel später lagen sie bei Joe auf dem Futon, und während Greg neben ihr schlief und in ruhigen Zügen atmete, betrachtete Joe die Muster, die ihr der Rest Marihuana in die Dunkelheit zauberte. Sie führte - wie oft in solchen Momenten - Selbstgespräche.
„Was es nicht alles gibt. Da schaue ich mir jeden Mann erst wochenlang an, bevor ich ihn auch nur ein bißchen an mich heranlasse, und plötzlich springe ich einfach mit einem Wildfremden ins Bett."
„Er ist nicht wildfremd!"
„Du meinst, ich hatte in einem früheren, Entschuldigung, habe in einem parallelen Leben etwas mit ihm zu tun. Oder ich werde in diesem Leben noch etwas mit ihm zu tun haben und habe einfach ein bißchen in die Zukunft geschaut. Oder er ist womöglich sogar ein Counterpart, eines meiner anderen Leben, das ich zur gleichen Zeit lebe wie das jetzige."
„Ja."
„Wofür ist das ja?"
„Was glaubst du?"
„Wieso antwortest du mit einer Gegenfrage?"
„Du sollst die Antwort selbst finden."
„Hey, ich führe hier ein Selbstgespräch, die Antwort kommt also immer von mir."

„Bist du dir mit dem Selbstgespräch ganz sicher? Ich könnte auch jemand sein, der mit dir in telepathischem Kontakt steht."
„Du könntest auch ein unterdrückter Teil meines Bewußtseins sein, der auf diese Weise an die Oberfläche kommt, oder ein Milligramm THC, das noch irgendwo in meinem Körper umherschwimmt. Oder mein allumfassendes Wissen, das ich einfach in eine Stimme packe, weil es sich dann leichter akzeptieren läßt. Oder tatsächlich jemand anderer, vielleicht sogar Gregs Traumbewußtsein. Oder ein prä-schizoides Syndrom, mein erster Schritt ins Irrenhaus."
„Stimmt, könnte alles sein."
„Wie sagt Tom immer so schön?
„Jeder erschafft sich selbst die Welt, in der er lebt.
Wenn ich dich also schon selbst erschaffen habe, beschließe ich hiermit, daß du der Junge aus meinem Traum von heute morgen bist."
„Okay."
„Wieso habe ich von dir geträumt?"
„Woher soll ich das wissen? Du bist doch plötzlich aufgetaucht, als ich mit der Frau da war."
„Du meinst, mit dem Mädchen. Und du hast keine Ahnung, wieso du dort warst?"
„Nein. Das heißt ja. Ich wollte etwas über Wiedergeburt wissen. Sie ist eines meiner Leben, oder ich bin eines ihrer Leben. Ich hatte nicht vor, bei ihr aufzutauchen. Es ist einfach so passiert."
„Nichts passiert einfach so."
„Sondern?"
„Ereignisse haben eine Ausstrahlung, die die Betroffenen anzieht. Niemand erlebt etwas einfach so."
„Das verstehe ich nicht", sagte Harry.
„Ganz einfach", antwortete Yo, „hinter allem steht ein Kern-Ereignis oder ein Ereigniskern, wie du willst. Das ist die ursprünglichste Form, in der überhaupt etwas stattfindet. Raumlos, zeitlos, archaisch, vor allem aber ohne Form und Ausdruck. In diesem Kern-Ereignis sind latent alle Formen, alle Möglichkeiten vorhanden, in denen sich dieses Ereignis ausdrücken könnte, aber eben nur latent. Diese Möglichkeiten strahlen Schwingungen nach außen, um jemanden zu finden, der sie auslebt. Diese Schwingungen haben bestimmte Wellenlängen, die von Bewußtseinen empfangen werden können. Alle Ereignisse sind Interaktionen zwischen Bewußtseinen, die sich entschlossen haben, eine neue Version des Kernereignisses durchzuspielen.
Und nur Bewußtseine, die auf der gleichen Wellenlänge liegen, erkennen das Kernereignis überhaupt. Nur wer sich von dem Ereignis eine

interessante Erfahrung, einen Lerneffekt oder einfach Spaß verspricht, lebt es aus. Niemand außer vielleicht jenen, die glauben, daß solche Ereignisse einfach zum Leben gehören.
Auf diese Weise findet jeder Kern unendlich viele Ausprägungen, in Ebene 2, auf Ebene 1, in allen Zeiten und Wahrscheinlichkeiten."
„Aber es gibt doch unangenehme Erlebnisse - Unfälle, Naturkatastrophen, Krieg. Was ist damit? Du willst doch sicher nicht behaupten, daß mir ein Dachziegel auf den Kopf fällt, nur weil mir das Spaß macht?" Harry glaubte kein Wort.
„Wenn dir ein Dachziegel auf den Kopf fällt, dann einzig und allein deshalb, weil ihr, du und der Dachziegel, euch auf einer Ebene eures Bewußtseins entschlossen habt, das zu machen, oder weil ihr meint, es müsse so sein", antwortete Yo.
„Welche Gründe sollten das sein? Daß es einem sadistischen Dachziegel Spaß macht, mir auf den Kopf zu springen, kann ich ja gerade noch nachvollziehen, aber wieso sollte ich da mitspielen?" fragte Harry weiter.
„Manche Leute sehen sich im Fernsehen nur Mord und Totschlag an und sind auf diese Themen fixiert, obwohl sie unangenehm sind. Andere Leute sind im Leben nur auf unangenehme Dinge fixiert und ziehen Unfälle an, weil sie glauben, daß die Welt unsicher ist. Oder, wie im Krieg, weil sie glauben, daß sie notwendig sind. Das Leben auf Ebene 1 ist in gewisser Weise wie Fernsehen, deshalb ist Fernsehen dort so populär. Fernsehen ist eine Metapher für das Leben. Dort werden alle Arten von Programmen gesendet, Krimis, Unterhaltung, Sendungen zur Weiterbildung, und jeder sucht sich heraus, was ihn interessiert. Im Leben empfangt ihr die Kernereignisse, weil sie euch interessieren oder weil ihr es gewohnt seid. Es gibt tausend Gründe, wieso jemand einen Unfall haben kann, aber Zufall ist keiner davon."
„Was sollten solche Gründe sein", fragte Harry skeptisch.
„Ein bißchen Ruhe im Krankenhaus, Geld von einer Versicherung, der Schock, der einen über den eigentlichen Sinn des Lebens nachdenken läßt, das Gefühl, daß das Leben sinnlos sei. Jeder hat für alles, was ihm passiert, private und, das gebe ich zu, zumeist auch unbewußte Gründe."
Harry schüttelte den Kopf. „Ich kann das einfach nicht glauben. All das Unglück auf der Welt soll von den Betroffenen selbst gewollt sein?"
„Unbewußt auf jeden Fall", fuhr Yo fort. „Ein entscheidender Faktor sind noch die Asmen. Man könnte auch unbewußte Überzeugungen dazu sagen, aber es steckt viel mehr dahinter. Menschen haben viele Asmen, und die Asmen bestimmen, was sie wahrnehmen und was sie

erleben. Die Kombination der Asmen legt die Frequenzen fest, auf denen die Ereignisse von Ebene 1 und Kern-Ereignisse wahrgenommen werden. Vor allem haben Asmen aber die Tendenz, sich selbst zu verstärken, indem sie alles tun, um sich zu bestätigen.

Jedes Asmen, zum Beispiel das, daß Motorradfahren gefährlich ist, schaltet das Bewußtsein auf entsprechenden Empfang. Das Asmen sorgt dafür, daß man Meldungen über Unfälle mehr beachtet als andere oder daß man sie überhaupt zur Kenntnis nimmt. Damit verstärkt sich das Asmen selbst. Außerdem zieht es Menschen mit gleichen Asmen an, die sie sich dann gegenseitig in ihrer Lebensauffassung bestätigen.

Das geht mit positiven wie mit negativen Asmen. Jeder kennt Menschen, die einfach immer Glück haben, denen anscheinend alles in den Schoß fällt. Wenn ein Mensch Glück und Erfolg hat, dann trägt er Asmen in sich, die ihm die Augen für gute Gelegenheiten öffnen und positive Menschen und Ereignisse anziehen. Solche Menschen kümmern sich nicht um Meldungen über Unfälle, die sie nicht betreffen, und machen sich keine Gedanken über Probleme, die sie nicht lösen oder beeinflussen können. Statt dessen ist ihre Wahrnehmung auf Bereiche fixiert, wo sich gute Möglichkeiten ergeben, wo sie etwas bewirken können und wo die Welt gut funktioniert.

Alle Ansichten, die positiven, die negativen und alle anderen wirken auf die gleiche Weise, sie sind gleich real und verstärken sich selbst auch gleich gut. Nur macht es normalerweise wesentlich mehr Spaß, positive und kreative Asmen auszuleben als andere.

Asmen wirken auf mehreren Wegen. Sie beeinflussen den Körper - die psychosomatische Medizin hat das ganz richtig erkannt. Kein Virus, kein Gift kann im Körper wirken, wenn nicht die Erlaubnis dazu besteht. Keine Körperfunktion setzt aus, ohne daß sie von einem Asmen die Anweisung dazu hat.

Die zweite Wirkungsweise beruht auf selektiver Wahrnehmung. Ein physisches Gehirn ist nur in der Lage, eine kleine Anzahl von Informationen gleichzeitig zu verarbeiten, obwohl jeden Augenblick unzählige Eindrücke über die Wahrnehmungskanäle eintreffen. Allein die Anzahl von Details, die man entdecken kann, wenn man nur fünf Minuten in dieselbe Richtung schaut - Schatten, Gegenstände, Formen, Falten, Farbschattierungen - kann dir einen Eindruck davon geben, was bei flüchtigem Hinsehen alles aussortiert wird. Oder nimm die riesige Flut von Zeitungsmeldungen und Fernsehfilmen, die einem Menschen auf Ebene 1 jeden Tag zur Verfügung stehen. Die Filterung ist ein natürlicher und notwendiger Vorgang, denn ohne diese automatische Filterung wäre ein Mensch handlungsunfähig, weil er in der Menge der Informationen

die wichtigen auf bewußtem Weg nicht schnell genug herausfinden könnte. Also siebt das Gehirn die Informationen aus, und die Asmen legen fest, nach welchem Schema das passiert. Das geschieht automatisch, sehr wirkungsvoll und vor allem unbewußt. Gib einem Börsenmakler und einem Sportler dieselbe Zeitung und frage sie hinterher, was ihnen aufgefallen ist. Jeder, wirklich jeder, sieht nur das, was er für wichtig hält oder was er sehen will. Am objektivsten sind die Menschen, die sich darüber im klaren sind, daß Objektivität nicht möglich ist und daß sie selbst subjektiv sind.
Irgendwann im Lauf der Jahre legt sich jeder Mensch eine Sammlung von Asmen zurecht, von denen er überzeugt ist, daß sie die Welt richtig beschreiben. Die Asmen tun dann alles, um das Weltbild zu bestätigen und aufrechtzuerhalten, mit dem Effekt, daß Konflikte möglich sind, die Generationen dauern, mit dem Effekt, daß in einem Krieg beide Seiten fest davon überzeugt sind, das Recht zu haben, die andere Seite auszulöschen, während der anderen genau dieses Recht abgesprochen wird. Jeder hat viele Asmen, die den eigenen Standpunkt rechtfertigen. Nimm ein beliebiges Asmen, wie 'im Winter wird man immer krank' oder 'dieses Problem kann man nur mit Gewalt lösen'. Du wirst auf Ebene 1 immer genug eindeutige Beweise dafür finden, daß du recht hast und daß es völliger Unsinn ist, sich auch nur eine Sekunde mit der Gegenmeinung zu befassen. Das liegt daran, daß auf Ebene 1 eben alles, wirklich alles möglich und beweisbar ist. Wenn man das einmal erkannt hat, ist das Erstaunlichste, daß es sogar möglich ist, daß niemand sieht, daß einfach alles möglich ist.
Asmen schaffen aber auch echte, neue Tatsachen, weil sie Kern-Ereignisse und andere Personen mit denselben Asmen anziehen. Ich habe das schon angedeutet. Wenn du fest daran glaubst, daß auf der Welt nur Mörder und Diebe herumlaufen, wird deine Überzeugung dafür sorgen, daß einer davon auf dich aufmerksam wird. 'Glaube versetzt Berge' sagt man auf Ebene 1. Ich würde sagen, Asmen erschaffen jedem seine eigene private Welt.“
So lange hatte Yo noch nie ohne Unterbrechung gesprochen. Harry hatte solche Ideen schon vorher in Büchern gefunden, er hatte sich eine Zeitlang mit Konstruktivismus beschäftigt (er war ein glühender Verehrer von Paul Watzlawick) und er hatte immer das Gefühl gehabt, daß es stimmte. Nur schien es für die Wirklichkeit nie zu passen.
Er fragte trotzdem noch einmal: „Verstehe ich das richtig? Alles, was ein Mensch erlebt, - Lottogewinn, Unfälle, Krankheit und sämtliche sogenannten Zufälle -, entstehen einzig und allein dadurch, daß ein Mensch ein bewußtes oder unbewußtes Weltbild hat, in das das Ereignis hineinpaßt?“

„Ich hätte es nicht besser ausdrücken können", sagte Yo.
„Dann müßte man nur allen Menschen erklären, wie das funktioniert, und die Welt wäre von einem Tag auf den anderen der glücklichste Ort im Universum?"
„Die Menschen glauben es nicht. Die Positiv-Denken-Bewegung sagt nichts anderes. Aber wer es versucht, der hat Erfolg damit, versteht aber nicht, wieso die anderen es nicht glauben wollen."
„Wirklich alles, woran man glaubt, wird wirklich?"
„Die gesamte menschliche Wirklichkeit entsteht nur durch Glauben. Asmen, sonst nichts!"
„Selbst wenn ich glaube, daß ich fliegen kann?"
„In irgendeiner Form ja. Entweder du lernst, ein Flugzeug zu fliegen, oder Fallschirmspringen. Wenn es sein muß, hast du entsprechende Halluzinationen. Wenn du Pech hast, fällst du eine Treppe hinunter. Aber du wirst fliegen."
„Aber richtig fliegen?"
„Es gibt noch ein paar Naturgesetze, die du nicht außer Kraft setzen kannst, aber die Grenzen sind weiter, als du glaubst. Und Wirklichkeit ist dasselbe wie die physische Welt. Wirklichkeit ist das, was wirkt. Ein Dachziegel wirkt. Ein gesprochenes Wort wirkt. Was wirkt daran? Die Schallwellen allein sicher nicht. Erzähle drei Leuten, daß sich ihr Vermögen jetzt auf eine Million beläuft, und der erste ist glücklich, dem nächsten ist es egal, weil er es nicht glaubt, und für den dritten ist es eine Katastrophe, weil er vorher viel reicher war. Dieselben Schallwellen haben völlig unterschiedliche Wirkung. Jeder macht die Wirkung selbst. Wozu soll eine Wirklichkeit gut sein, wenn sie nicht wirkt? Eine Halluzination ist realer als etwas, das unbemerkt zwei Straßen weiter physisch passiert. Jeder lebt in seiner eigenen Wirklichkeit. Das Universum bietet jedem immer das, was er gerade sucht. Wer das nicht versteht, der wird immer wieder voller Unverständnis den Kopf über den vermeintlichen Unsinn schütteln, von dem andere Menschen felsenfest überzeugt sind."

In diesem Moment öffnete eine unbestimmte Anzahl von Stunden und Kilometern entfernt jemand die Augen, sah eine Ansammlung von rotleuchtenden Strichen und Punkten, die er nicht verstand, und versuchte, daraus eine Wirklichkeit zu machen. Die Wirklichkeit, oder genauer die Wirkung, setzte etwa fünf Sekunden später ein, ohne daß sich die An-

sammlung von Strichen und Punkten auch nur im geringsten verändert hatte. Die Anzeige des Radioweckers ergab plötzlich einen Sinn, und Greg saß innerhalb von Sekundenbruchteilen kerzengerade im Bett. Nur langsam dämmerte ihm, daß Samstag war und deshalb kein Grund zur Panik bestand.
Er verschwendete allerdings keinen Gedanken an die Frage, wieso dieselben Striche und Punkte in verschiedenen Situationen verschiedene Wirkungen haben oder wieso sie überhaupt eine Wirkung haben, sondern wunderte sich, wo Joe war. Sie lag nicht neben ihm, soviel stand fest.
So, wie er war, nämlich nackt, stand Greg auf und sah sich in der Wohnung um. An der Tür zum Wohnzimmer klebte ein gelber Zettel von Joe, auf dem stand, daß sie ihren Wagen aus der Werkstatt holen müsse und daß sie in einer Stunde wieder käme. Er solle es sich gutgehen lassen und sich wie zu Hause fühlen.
Er entdeckte im Bad eine neue Zahnbürste und plünderte nach dem Duschen den Kühlschrank. Er bedurfte keiner besonderen Anstrengung, es sich gutgehen zu lassen, denn im Kühlschrank fand er, neben vielem anderen, Orangensaft, Wein, Lachs und fünf Sorten Käse.
Das Haus entsprach seinen Vorstellungen, hatte nur einen kleinen Nachteil: Er hätte es sich beim besten Willen nicht leisten können. Es war exklusiv und ungewöhnlich eingerichtet, fast nur Designerstücke in abenteuerlichen Kombinationen. Den Flur dominierte eine überdimensionale Reproduktion eines Bildes von Roy Lichtenstein, die direkt auf die Wand gemalt war. Eine Tür führte in das als Studio angelegte Wohnzimmer, durch dessen vier Meter hohe Glasfront die Morgensonne in den riesigen Raum schien. Greg stellte sein Frühstück auf den Tisch und fühlte sich ein wenig wie in einer Kunstausstellung. Die wenigen Möbelstücke waren so plaziert, daß sie viel Raum hatten, um ihre Wirkung zu entfalten. Auf einer Seite des Zimmers standen Joes Designersofa, das aus bunten geometrischen Teilen zusammengesteckt war, und davor ein Tisch mit Gregs Frühstück. Eine dicke Glasplatte lag auf vier verschiedenfarbigen Marmorkugeln, die so niedrig waren, daß man auch den Boden statt den Tisch hätte benutzen können. In der Nähe stand ein schwarzer halbmondförmiger Schaukelstuhl; und dahinter lag ein offener Kamin, in dem frisches Holz aufgetürmt war. Eine weitere Wand des Zimmers wurde von Joes Stereoanlage eingenommen, deren Designer offensichtlich alle Anstrengungen unternommen hatte, den einzelnen Komponenten ein Äußeres zu verleihen, das mit ihrer Funktion so wenig wie möglich zu tun hatte. Einzig der Plattenspieler war als solcher klar zu erkennen, und Greg hatte den Eindruck, als ob das Material

auch bequem für einen Grabstein gereicht hätte. Daneben standen zwei Regale mit einer eindrucksvollen Plattensammlung und ein paar Büchern. Ein Andy-Warhol-Bild lag als Teppich auf dem Parkett, und die Abwesenheit eines Fernsehers wurde mehr als wettgemacht durch die Fensterfront, die an Bäumen vorbei einen atemberaubenden Blick auf einen See freigab.
Greg setzte sich, aß und fühlte sich wie ein König.
Nach dem Frühstück sah er sich im ersten Stock um und fand Joes Arbeitszimmer. Auf der einen Seite des Raums war hinter Rauchglas die unvermeidliche Computerliteratur aneinandergereiht, und an der gegenüberliegenden Wand hing, anscheinend genauso unvermeidlich, ein weiteres Pop-Art-Kunstwerk. Darunter stand ein Schreibtisch von der Größe einer Tischtennisplatte, und darauf war Joes Computer zu bewundern, unverwechselbar ein Cube. Rechts daneben stand der Laserdrucker, links davon sah Greg eine verchromte Pyramide, die mit dem Cube und einigen ausgefallenen Geräten verbunden war, von denen Greg bisher nur gelesen hatte.
Außerdem lag eine schwarze Mappe auf dem Tisch. Greg schlug sie auf und las einige der losen Seiten, die darin lagen.

Tu, was Du willst,denn es gibt nichts Richtiges und nichts Falsches.Aber bedenke, daß Dein Tun zu Dir zurückkommt.
Wer an Zufälle glaubt, glaubt nicht an sich selbst.
Nur wer selbst etwas hat,kann anderen etwas geben.Nur wer selbst stark ist,kann anderen helfen, die Last zu tragen.
Vergiß Gestern,Vergiß Morgen,Sei JETZT!
Meinungen ändern sich, seltsamerweise aber nicht die Ansicht,daß man recht hat.
Warte nicht auf Wunder.Vollbringe sie selbst!
Die Wirklichkeit ist ein Film, in dem Du selbst tagsüber der Hauptdarsteller und nachts der Regisseur bist.

Greg hatte nicht den Nerv, über die Fortunes nachzudenken, denn seine Neugier war durch die Pyramide und vor allem durch die daran angeschlossenen Geräte geweckt: Da lagen ein Virtual-Reality-Display und ein Datenhandschuh auf dem Tisch.
Das VR-Display sah aus wie eine Taucherbrille, in die zwei Kleinbildschirme eingebaut waren, und es wurde von Virtual-Reality-Systemen verwendet, um dem Benutzer eine dreidimensionale künstliche Welt vorzugaukeln. Der Datenhandschuh meldete dem Programm, was der Benutzer mit seiner Hand gerade tat, und ermöglichte es, Handbewe-

gungen in die Simulation einzubeziehen. Die Pyramide war wahrscheinlich ein Steuergerät oder selbst ein Computer. Mit nichts außer einem Einschalter hätte es aber genausogut ein Teil von Joes HiFi-Anlage sein können, vor allem weil ein hochwertiger Kopfhörer danebenlag.
Greg setzte sich und schaltete den Cube und die Pyramide ein.
Es gibt in fast jedem Beruf bestimmte Merkmale, die einem ganz egal, wo man sie antrifft das Gefühl geben, in bekannter Umgebung zu sein. Für Automechaniker ist das der Geruch nach Öl und Benzin, für Schauspieler das Rampenlicht. Für Programmierer ist es das Summen des Lüfters und der Harddisk, das einen heimisch fühlen läßt, auch wenn man es in völlig fremder Umgebung hört. Um so überraschter war Greg, als das gewohnte Geräusch nach dem Einschalten ausblieb. Die Geräte waren stumm; es war, als ob man in sein Auto einsteigt und beim Anlassen nichts außer dem Klicken des Zündschlosses hört. Greg glaubte im ersten Moment, der Strom sei abgestellt, sah aber dann, daß der Monitor ein Bild zeigte.
Noch während er sich wunderte, liefen am Bildschirm seitenweise Meldungen vorbei, die verschiedene Phasen des Systemstarts dokumentierten, dann wurde der Monitor plötzlich steingrau, und innerhalb weniger Sekunden erschien ein Dutzend briefmarkengroße Symbole, die jeweils für ein anderes Programm standen. Greg hatte schon eine Menge über den Cube gelesen, aber noch nie einen bedient. Das Bild am Monitor war absolut flimmerfrei und wirkte wie aus Stein gemeißelt.
Fünf der Programmsymbole sahen aus wie die VR-Brille, die neben Greg auf dem Tisch lag, und Greg steuerte den kleinen Pfeil am Bildschirm auf das Symbol, unter dem das Wort Demo stand, und startete das Programm durch zweimaliges schnelles Drücken der Taste. In einem Rahmen am Bildschirm erschien eine Meldung.

VR-Demonstrationsprogramm von Joe Wild benutzen Sie zur Steuerung den Datenhandschuhund die virtuellen Instrumente.

Gespannt zog Greg den Handschuh über und setzte dann die Brille und den Kopfhörer auf.
Was sich vor seinen Augen auftat, raubte ihm fast den Atem. In den Berichten, die er bisher über Virtual-Reality gelesen hatte, waren die Bilder, die die Programme erzeugten, immer grobe Landschaften aus geometrischen Körpern und einfachen Farben gewesen. Nun blickte er aber in eine detailreiche Stadtlandschaft, die mit ihren sterilen Formen den Computerursprung zwar nicht leugnen konnte, aber trotzdem ein überzeugendes Wirklichkeitsgefühl vermittelte. Das Bild zeigte den Blick

in eine Straße und hätte mit seinen Farben, Schatten und scharf gezogenen Kanten schon auf einem normalen Monitor überzeugt. In 3D, direkt vor den Augen, war es geradezu umwerfend. Zum Test wandte Greg den Kopf nach links. Der Computer nahm die Bewegung auf, berechnete die neue Sicht und zeigte seinem erstaunten Besucher, was die virtuelle Welt auf dieser Seite zu bieten hatte, nämlich eine Hauswand. Der Grund, wieso Greg so überrascht war, war nicht die Wand, sondern die Tatsache, daß die Wand ohne Verzögerung in einer realen, fließenden Bewegung ins Bild glitt. Es wirkte, als ob man sich in der echten Welt umsehen würde, und nicht, als ob ein Programm jede kleinste Kopfbewegung mit irrsinnigem Aufwand neu berechnen und darstellen mußte, was der Benutzer sehen würde, wenn er in einer echten Stadt wäre. Mit dem Erstaunen eines kleinen Kindes drehte Greg minutenlang nur den Kopf und beobachtete, wie sich der Blickwinkel und die Perspektive verschoben.

Dann wandte er sich seinem Gefährt zu. Er sah sich in einer Art Ufo sitzen, und dort, wo seine Beine sein sollten, sah er zwei matte graue Röhren, die wohl seine virtuellen Beine darstellen sollten. Davor war ein Instrumentenbrett mit Geschwindigkeits- und Höhenanzeige und einer Übersichtskarte. Sie zeigte eine Stadt, und Greg vermutete, daß der blinkende rote Punkt in der Mitte seine eigene Position markierte. In einiger Entfernung bewegten sich auch noch mehrere blaue Quadrate durch die Straßen, und Greg fragte sich, was sie sein könnten. Neben der Karte ragte ein Steuerknüppel mit zwei Knöpfen aus dem Instrumentenbrett, der so aussah, als ob er sich stufenlos in alle Richtungen bewegen ließ. Greg griff danach.

Wenn in diesem Moment jemand ins Zimmer gekommen wäre, hätte er einen nackten Mann mit Taucherbrille vor einem Schreibtisch sitzen sehen, der ins Nichts griff. Greg dagegen sah, wie eine simulierte Hand nach vorn kam und mit ein wenig unnatürlichen Bewegungen den Steuerknüppel umfaßte. Er brachte seinen Daumen nach oben an den roten Knopf und drückte vorsichtig. Mit leisem Summen aus dem Kopfhörer bewegte sich das Ufo langsam nach oben, und Greg hätte geschworen, daß er die Bewegung im Magen spürte, so realistisch war die Sicht, die ihm das Programm bot. Er drückte fester, das Gefährt heulte auf und schoß ihn mit einem riesigen Satz fünfhundert Meter in den Himmel. Greg wurde von der Höhe fast übel. Er überblickte eine riesige Stadt und dahinter eine simulierte Hügellandschaft mit Bäumen in den typischen sterilen Formen eines Computerprogramms. Alles war fremdartig glatt und wirkte gleichzeitig doch so echt, daß Greg sein Gefährt nur sehr behutsam nach unten steuerte, aus Angst, er könnte zerschellen.

Als er wieder am Boden war, drückte er den Hebel vorsichtig nach vorn, steuerte das Ufo durch einige Straßen und bog an den Kreuzungen in beliebige Richtungen ab. Die Steuerung war seltsam, sie hatte kaum Trägheit, und es machte sich in der Magengegend unangenehm bemerkbar, daß man die Richtungsänderung zwar sah, aber sie am Körper nicht spürte. Nach einiger Zeit hatte sich Greg aber daran gewöhnt, und das flaue Gefühl ließ nach. Greg pickte sich auf der Übersichtskarte eines der blauen Quadrate heraus und nahm die Verfolgung auf. Es bedurfte aber noch einiger Übung, bis er das Ufo sicher genug steuern konnte, um der Markierung auf den Fersen zu bleiben. Als er sie dann endlich eingeholt hatte, sah Greg, daß es ein unbemanntes Fahrzeug war, das scheinbar ziellos durch die Stadt steuerte.
Greg fand an der Simulation Spaß und fuhr schneller und schneller durch die Stadt, bis er schließlich mit so hoher Geschwindigkeit durch die Häuserschluchten jagte, daß links und rechts nur noch Umrisse an ihm vorbeiflogen.
Kurz darauf geschah, was geschehen mußte. An einer Kreuzung tauchte eines der unbemannten Ufos auf, und Greg riß, anstatt nach oben auszuweichen, den Steuerknüppel nach rechts.
Die Wand sprang ihm förmlich entgegen.
Statt einer Detonation wurde es einfach nur still. Vor seinen Augen war es pechschwarz, er schwebte im Nichts, nur in der Ferne waren einige winzige rote Punkte zu sehen, die schnell näher kamen und sich als riesige Buchstaben entpuppten:

DU BIST TOT. ALLES IST EINE ILLUSION!

Irritiert setzte Greg Brille und Kopfhörer ab.
Nach der überzeugenden Simulation hatte ihn dieses Ende total überrascht. Er hatte einen Aufprall erwartet, einen fürchterlichen Krach und vielleicht eine Explosion. Er hatte eine vage Vorstellung vom Sterben, und er hatte damit gerechnet, daß die Simulation dieser Vorstellung einigermaßen entsprechen würde. Er war nicht darauf vorbereitet, daß das Programm sein Leben ausknipsen würde wie in einem Videospiel. Für die wenigen Minuten in der Virtual Reality hatte er die Welt um sich herum so gründlich vergessen, daß es ihm wirklich wie sein Leben vorgekommen war. Und nun: Game over player one - sorry, no bonus!
Das Zimmer erschien ihm für einen Moment genauso unwirklich wie in den ersten Sekunden die Simulation. Greg ließ sich im Stuhl zurücksinken und atmete tief durch.
Als Joe zehn Minuten später ins Arbeitszimmer kam, saß Greg immer

noch genauso da und starrte mit leerem Blick auf den Monitor. Joe sah ihn kurz an und sagte grinsend: „Hallo, Knightrider, du siehst aus, als ob du auch einen Kratzer am Kotflügel hättest."
Greg drehte sich langsam um und sah sie einen Moment lang verständnislos an. „Für dein Demo hast du dir ja eine nette Art ausgedacht, die Leute sterben zu lassen. Ich hätte fast eine Depression bekommen."
„Das ist ja das schöne an der Virtual Reality. Man muß sich nicht so anstrengen wie sonst, um die Welt so zu gestalten, wie man sie sich vorstellt."
„Stellst du dir das Sterben so vor?" fragte Greg.
„Hätte ich lieber Engel simulieren sollen? Oder kurz vor dem Aufprall eine kleine Unterbrechung mit der Frage: Wählen Sie Ihr Todeserlebnis! a - Himmel, b - Hölle, c - Nirvana, d - Magischer Lichtpunkt?" fragte Joe. „Ehrlich, ich finde es so, wie es jetzt ist, gar nicht so abwegig. Man verläßt die eine Welt, stellt fest, daß es eine Illusion war, und findet sich, wenn man die Brille absetzt, in einer anderen wieder. Wahrscheinlich ist unsere Realität auch virtuell, und wenn wir sterben, ist einfach die Simulation vorbei. Das gleiche Gefühl, wie wenn man aus dem Kino kommt."
„Glaubst du, daß das Leben eine Illusion ist?"
„In gewisser Weise ja, aber mit besserer Grafik", lachte Joe. „Aber was soll's. Solange es Spaß macht, ist es mir egal, ob Illusion oder nicht. Wenn das Leben wirklich eine Illusion ist, dann zumindest eine so gute, daß man es nicht merkt. Und was soll die Haarspalterei dann? Außerdem muß man das Leben nicht so ernst nehmen, wenn es nicht echt ist. Aber egal, laß uns sonnenbaden. Ich ziehe mich nur schnell aus. Du hast hoffentlich noch Wein übriggelassen?"
Fünf Minuten später saßen sie, jeder mit einem Glas Weißwein, in den Liegestühlen auf Joes Terrasse und genossen die Wärme.
„Interessant!" sagte Greg leise zu sich selbst, während er sein volles Glas in die Sonne hielt und fasziniert beobachtete, wie sich das Licht darin brach.
„Was? Der Wein? Komm, mach mir den Weinkenner! Südhang, toniger Boden ..."
„Nein, nein! Mir fiel nur gerade ein, daß in dem Buch, das ich gerade lese, im Prinzip das gleiche steht, was du vorhin über das Sterben gesagt hast. Kennst du Frank Withers?" fragte Greg.
„Rate mal."
„Hmm. Ich schätze, schon."
„Klar, ich habe alle Bücher von ihm. Ich habe dich gestern auch hauptsächlich des Buches wegen angesprochen. Das ist das beste Material,

das ich zu diesem Thema kenne. Seinen Büchern habe ich viel zu verdanken, besonders der 'Struktur der individuellen Wirklichkeit'."
„Und, glaubst du daran?"
„Nein!" antwortete Joe, woraufhin Greg ein verdutztes Gesicht machte. „Ich glaube nicht daran, sondern ich bin mir sicher. Ich bin absolut überzeugt davon! Alles, was er schreibt, funktioniert, zumindest bei mir. Noch vor zwei Jahren habe ich regelmäßig gearbeitet, durchschnittlich verdient, bin von Vortrag zu Vortrag gelaufen und habe mich dabei bestenfalls mäßig gut gefühlt."
„Was für Vorträge?" unterbrach Greg.
„Ach", sagte Joe verächtlich, „der ganze Esoterik-Mist. Meditation nach Sri Hyundai Wischiwaschi, Karma und das Rad des Lebens, Gesundheit durch Bachblüten, Selbsterkenntnis durch Träume und was weiß ich noch alles. Ich hätte mit meinen Büchern die halbe Stadt glücklich machen können, so viele hatte ich davon. Die meisten dieser Leute meinen es gut, aber das, was sie verbreiten, ist absoluter Mist. Irgendwelche Lehren von vor x-tausend Jahren, kombiniert mit einer Mischung aus Demut, Aberglauben, Selbstverachtung und Geringschätzung von allem Irdischen und Intellektuellen. Nach der Devise: Zurück in die Steinzeit, da war alles so schön! Wenn du solche Veranstaltungen siehst, dann springt dir die geballte Erhabenheit förmlich ins Gesicht. Ist okay, wenn jemand damit glücklich wird, aber für mich ist das nichts."
„Was ist dann etwas für dich?" fragte Greg.
„Das hier alles", sagte Joe und zeigte mit einer ausladenden Handbewegung auf ihr Haus und den Garten. „Mein Haus, mein Computer, der Garten, meine Arbeit, die Katzen des Nachbarn und sich sinnlos betrinken und Haschisch rauchen. Eben alles, was schön ist."
„Klingt nicht besonders tiefschürfend, wo bleiben da die großen Weisheiten, der Sinn des Lebens und alles? Mir kam das Withers-Material komplizierter vor. Mit Wiedergeburt und verschiedenen Zeiten und solchen Dingen. Er schreibt doch dauernd von multidimensional."
„Das ist der Hintergrund. Aber wenn man sich da hineinsteigert, hilft das nicht weiter. Die Kernaussagen seiner Bücher sind einfach: Du bist für alles, was dir passiert, selbst verantwortlich. Du kannst in deinem Leben alles ändern. Lebe kooperativ, aber kümmere dich zuerst um dein Leben, nicht um das der anderen. Vergiß die Zukunft und die Vergangenheit, lebe statt dessen hier und jetzt. Der Rest in den Büchern ist nur dazu da, um zu erklären, wie und wieso alles funktioniert."
„Klingt nach Ego-Trip."
„Ist mir klar, aber es ist nicht das Die-Kunst-Egoist-zu-sein-Weltbild. Mehr die Kunst, im Gleichgewicht mit der Welt zu leben."

„Und, funktioniert es?"
„Schau mich an. Sehe ich so aus, als ob es nicht funktionieren würde? Ich bin heute rundum zufrieden, arbeite nur noch, wenn es mir Spaß macht, und habe so viel Geld, daß ich mehr davon verschenke, als die meisten Leute verdienen."
„Und du meinst, darin besteht der Sinn des Lebens?"
„Nun, ich denke, ich brauche zum Leben keinen tieferen Sinn. Wozu auch? Ich bin glücklich und lebe im Einklang mit meiner Umwelt. Was will ich mehr? Ich traue mich nicht, die Welt zu verändern und ihr die Wahrheit zu bringen. Wer weiß denn, ob ich recht habe? Wer weiß denn, ob mein Weg für irgend jemanden sonst paßt? Ich bin sehr vorsichtig mit hohen Zielen und Wahrheiten.
Einer meiner Freunde hat einmal etwas gesagt, was mich sehr beeindruckt hat:
Kapitalismus, Kommunismus, Religionen:Das größte Unrecht der Welt kommt im Gefolge der größten Ideale.Es wird von Menschen verübt, die im Namen hoher Ziele glauben, sie hätten das Recht, andere zum Glück zu zwingen.
Ich spüre, daß ich auf dem richtigen Weg bin, ich weiß, daß es reicht, wenn ich glücklich bin, ohne daß es jemandem schadet. Ich lasse jeden sein Leben so leben, wie er will, und falls jemand bereit dazu ist, helfe ich ihm.
Vielleicht erfahre ich eines Tages auch die großen Weisheiten, aber bis dahin orientiere ich mich an den Delphinen. Du weißt, daß behauptet wird, sie seien sehr intelligent. Ich finde, daß es stimmt. Sie bauen keine Zivilisationen, fressen sich dafür die Bäuche voll, toben in der Bugwelle von Booten herum, und sie brauchen keine hochtrabende Philosophie!"

Harry zog mit seinen Skiern lange Bögen durch den unberührten Schnee. Millionen von Schneekristallen glitzerten in der Sonne wie Diamanten, und die schneebedeckten Berge gaben zu dem tiefblauen Himmel einen unglaublichen Kontrast.
Wieder einmal blieb er stehen, um den Blick ins Tal in sich aufzunehmen. Die Landschaft vor ihm strahlte eine überirdische Ruhe aus und war einmalig schön, so schön, wie man sie sich nur vorstellen konnte. Mit einem Wort, sie war perfekt. Weiß überzogene Hänge zogen hinunter bis zu einem blankpolierten See, und der Fluß der ihn speiste, sah von hier oben aus wie ein dünner silberner Faden. Die hohen Berge, die

den See umgaben, hatten sich aneinandergeschmiegt, als ob sie eine große Familie wären. Flache Hänge wechselten sich mit schroffen, steilen Felsschluchten ab, und durch den Lichteinfall sah das Gebirge an einigen Stellen aus wie zerknittertes Pergament. Stille lag über dem Talkessel, und er wirkte, als ob es die Natur eine Ewigkeit gekostet hatte, ihn zu erschaffen. Die Zeitlosigkeit war fast greifbar.
Harry seufzte. Er hatte dieses atemberaubende Panorama selbst erschaffen, weil ihm langweilig gewesen war. Yo war verschwunden, und es war Harry nicht gelungen, ihn oder Djom wiederzufinden. Er hatte nicht gewußt, was er tun sollte, und hatte mit seiner Vorstellungskraft gespielt. Er hatte sich eingeredet, daß hinter ihm ein Berg sei, und als er sich umgedreht hatte, war der Berg wirklich dagewesen. Er hatte weitergemacht, und je mehr er geübt hatte, desto genauer waren die Details geworden, hier eine Schlucht, dort einige schneebedeckte Bäume und an einer anderen Stelle eine steile Felswand. Es war, als ob man mit Ölfarbe ein Bild auf Leinwand malt. Er hatte sein Werk vervollständigt und zu guter Letzt eine Skiausrüstung herbeigedacht und war durch den Tiefschnee gefahren.
Jetzt stand er da und betrachtete seine Schöpfung, an der er sich nicht sattsehen konnte. Er war so überwältigt, daß er nicht merkte, wie wieder etwas nach ihm griff. Er hatte dieses Gefühl vorhin schon gehabt, es aber durch das Skifahren verdrängt. Nun schlich es sich wieder in seine Gedanken und veränderte das Tal, machte es größer und unnahbarer und unendlich unberührt; hier wurde eine Felswand etwas steiler, dort ein Schatten etwas dunkler, und der Schnee wurde hart und legte sich schwer auf die Zweige. Auch die Sonne wurde bleicher. Es waren nur Nuancen, aber sie veränderten die Stimmung; ohne daß Harry es merkte, fand dieses Gefühl in dem Tal einen Komplizen, der ihm willig zur Hand war.
Jetzt! Die Situation war günstig, und die Einsamkeit schlug grausam zu. Sie sprang Harry von hinten an wie ein Tier. Sie war dagewesen, seit Yo gegangen war, und Harry hatte versucht, sie zu verdrängen. Sie hatte im Verborgenen ihre Pläne geschmiedet, und nun traf sie ihn mit voller Wucht. Niemand war da. Er war von allen verlassen in dieser fremden, unheilvollen Welt. Tränen schossen ihm in die Augen. Wo waren seine Freunde? Wo war Yo, sein Sprecher? Wieso konnte er ihn nicht erreichen? Er, der ihm helfen sollte, war nicht da. Niemand war da!
Verzweifelt stampfte Harry mit dem Fuß auf, so heftig, daß die Skibindung aufsprang und den Ski freigab. Der lag einen Moment im Schnee, als ob er überlegen würde, was er jetzt tun solle, entschied sich dann und glitt erst langsam, dann immer schneller werdend talwärts. Harry

sah zu, wie er davonfuhr, und jammerte: „Selbst meine Skier verlassen mich."
„Wieso, ich bin doch noch hier!" antwortete der andere Ski.
Ungläubig riß Harry den Kopf herum und starrte hinunter. Am Boden lag sein zweiter Ski, und an der Spitze, dort wo vorhin noch das Logo des Herstellers gewesen war, sah ihn jetzt ein Gesicht an.
„Wie bitte?" fragte Harry langgezogen.
„Volkmar macht das immer so!" plapperte der Ski los. „Sicher bleibt er jetzt wieder irgendwo liegen und wartet darauf, daß ihn jemand vermißt. Aber diesmal soll er sehen, wo er bleibt, ich gehe nicht wieder los, um ihn zu suchen", sagte der Ski.
Harry wußte nicht, ob er lachen oder weinen sollte, so verrückt war die Situation. „Soll ich dich abschnallen?" fragte er.
„Ja, das wäre nett", antwortete der Ski.
Harry löste die Bindung und setzte sich neben dem Ski in den Schnee. Der erzählte weiter: „Eigentlich ist er ein ganz netter Kerl, weiß der Teufel, was ihn manchmal reitet. Vielleicht hat er es nicht verkraftet, daß ich damals so lange in Reparatur war. Seither ist er verändert. Aber man kann sich seinen Partner nicht aussuchen. Ist dein Partner auch verschwunden?"
Harry überlegte, was er sagen sollte, aber der Ski wartete die Antwort nicht ab. „Ist egal, jetzt hast du mich. Man muß das Leben so nehmen, wie es kommt, da kann man halt nichts machen. Ich heiße übrigens Volker."
„Mir hat vor kurzem jemand erzählt, daß man sein Leben so gestalten kann, wie man will, und daß man für alles selbst verantwortlich ist", widersprach Harry.
„Papperlapapp. Frag einen alten Hasen wie mich. Das Leben macht mit dir, was es will, daran kann man nichts ändern. Ich wäre zum Beispiel froh, wenn ich diesen Spinner endlich vom Hals hätte. Haut dauernd ab, man hat nur Ärger mit ihm."
„Dann laß ihn doch einfach da unten liegen", schlug Harry vor.
„Bist du verrückt? Das geht nicht! Was sollen denn die anderen denken? Ich kann ihn doch nicht so allein lassen. Auf sich gestellt, ist er so hilflos, ohne mich schlittert er sicher von einer Katastrophe in die nächste. Ich glaube, ich gehe besser gleich los ihn suchen, bevor er wieder irgendwelche Dummheiten anstellt."
Harry hätte gern den anderen Ski gefragt, ob er das auch so sah, aber das ging natürlich nicht. Er wollte sich nicht streiten und sagte nur diplomatisch: „Wenn du wirklich meinst."
„Natürlich meine ich das. Wie ich schon sagte, man kann seiner Bestim-

mung nicht entfliehen. Da muß man halt durch." Der Ski gab sich einen Ruck, und während er den Hang hinunterglitt, rief er Harry noch zu: „Auf Wiedersehen. Vielleicht führt uns das Schicksal einmal wieder zusammen."

Harry sah ihm nach. Nun war er doch wieder allein. Aber immerhin war es jetzt anders als vorher. Er war nicht mehr hilflos. Er wollte nicht in den gleichen Fatalismus verfallen wie der Ski und sein Schicksal ertragen, obwohl die Möglichkeiten für Veränderungen offensichtlich waren. Er wollte Leute treffen und sich unterhalten.

Er konnte etwas tun, und er würde es auch tun. Er konnte die Sache selbst in die Hand nehmen, das wußte er jetzt. So schloß er die Augen und sagte zu sich: „Ich bin nicht allein. Ich bin nicht allein." Diesen Satz wiederholte er wieder und wieder, bis auch der letzte Rest von Verlassenheit verschwunden war. Dann öffnete er die Augen.

Harry saß inmitten einer betriebsamen Menge am Boden und bemerkte, daß er den Skianzug noch trug. Er überlegte einen Moment lang, ob er ihn ausziehen sollte, entschied sich aber dagegen und löste das Problem, indem er ihn einfach wegdachte. Zu seiner Überraschung saß er daraufhin nackt da. Von den Leuten ringsum nahm niemand Notiz, und nach der Schrecksekunde brauchte es nur einen weiteren kurzen Gedanken, um wieder seine Lieblingssachen zu tragen, nämlich eine abgewetzte Jeans und ein T-Shirt mit dem Aufdruck NO PROBLEM!

Nachdem diese Anfangsprobleme erfolgreich bewältigt waren, stand Harry auf und sah sich um. Er erkannte, daß er auf einem großen Platz stand, von dem aus unzählige Wege zu riesigen Hallen führten. Um ihn herum waren weit über tausend Menschen, von denen einige einen großen Plan in der Mitte des Platzes studierten, während andere zielstrebig auf die Hallen zusteuerten.

Er kam sich vor wie auf einer Messe.

Harry sah dem Treiben einige Zeit zu, ohne schlau daraus zu werden, und machte sich dann auf den Weg, um selbst einen Blick auf den Plan zu werfen. Zunächst konnte er nur die riesige Überschrift lesen:

TRAUMSTUDIOS EBENE 2
Liebe - Action - Wahnsinn
Wir haben für jeden das richtige Erlebnis!

Minuten später stand er vor der Tafel und sah sich alles genau an. Die Zeichnung stellte die Umgebung dar und war an vielen Punkten mit Zahlen beschriftet. Harry nahm eine der Broschüren, die angeboten wurden, zur Hand.

Auf der ersten Seite war derselbe Plan zu sehen, wie auf der Tafel, und auf der nächsten Seite stand zu lesen: Wir beraten Sie gern, wenn es um Fragen Ihrer persönlichen Lebensplanung geht. Unsere Experten helfen auch Ihnen, Ihr Leben interessant, spannend und lehrreich zu gestalten. Fragen Sie uns einfach - Ihr Traumstudio-Team.
Und weiter unten: Wenn Sie zum ersten Mal hier sind, empfehlen wir Ihnen, die Informationsveranstaltung zu besuchen, die fortwährend in Halle 1 stattfindet.
Die restlichen Seiten enthielten die verschiedenen Programmpunkte, die zu den Zahlen auf dem Plan gehörten: 1 - Information (Beratung, Geburt, Seminare) / 2 - Liebe (erste Liebe, große Liebe, kleiner Flirt, spätes Glück, endlose Liebe) / 3 - Glück und Erfolg (berufliches Glück, Lotteriegewinn, kleine und große glückliche Zufälle des Lebens, glücklicher Ausgang von Unfällen - siehe auch Unfälle, glückliche Liebe - siehe auch Liebe) / 4 - Gesundheit (Abwehr von Krankheiten, Heilung, wundersame Heilung - siehe auch Wunder) / 5 - Tod (Todesfälle aller Art) / 6 - Wunder (seltsame Phänomene aller Art) / 7 - Unfälle (Verkehrsunfälle, Stürze aus großen und kleinen Höhen, Unfälle mit Werkzeugen, Unfälle mit Todesfolge - siehe auch Tod, Schlägereien - siehe auch Kriminalität) / 8 - Krankheit (Krankheiten aller Art - siehe auch Tod) / 9 - Katastrophen: (Erdbeben, Flut, Feuer, Dürre, Durchführung nur bei genügend Teilnehmern) / 10 - Kriminalität (Überfall, Diebstahl, Erpressung, Mord - siehe auch Tod) / 11 - Krieg (Bürgerkrieg, Weltkrieg, Kleinkrieg, gerechter Krieg, Kreuzzüge) / 12 - Kreativitäts-Zentrum (neuartige Erlebnisse entwickeln). Die Liste ging endlos weiter.
Harry war perplex. Wurden hier Bücher oder Erlebnisreisen verkauft? Wieso konnte man hier sein Leben ändern, wenn man tot war? Es ergab keinen Sinn. Nach erfolglosem Kopfzerbrechen warf er achselzuckend noch einmal einen Blick auf den Plan und machte sich auf den Weg zur Halle 1.
Je näher er der Halle kam, desto häufiger tauchten in der Menge seltsame Gestalten auf, die aussahen, als stammten sie aus einem Science-fiction-Film. Da waren große und kleine, einige mit Fell, andere mit Schuppenpanzer oder mit unterschiedlicher Anzahl von Augen, Armen und Beinen. Allen gemeinsam war, daß sie in dieselbe Richtung gingen wie Harry, und die meisten von ihnen machten, soweit man einem Außerirdischen so etwas ansieht, einen recht unentschlossenen Eindruck.
Am Eingang von Halle 1 angelangt, kam er sich vor wie in einem intergalaktischen Kongreßzentrum.
„Kann ich Ihnen helfen?"

Harry wirbelte herum und sah erschrocken in ein freundliches Gesicht. „Nein, äh - ja. Was machen denn all die Außerirdischen hier?“ fragte er den Mann, der ihn angesprochen hatte. Er trug einen weißen Overall, auf den mit blauem Faden die Worte „Traumstudioteam“ eingestickt waren.

„Das“, erklärte der Mann, „sind Bewußtseine, die vielleicht ein Leben auf Ebene 1 beginnen und sich über die Bedingungen informieren wollen. Sie wissen ja, man ist an die Zeit gebunden, verliert vorübergehend seine Erinnerung an die anderen Leben und so weiter. Die Entscheidung fällt einem nicht leicht.“

„Und warum gehen sie dann trotzdem hin?“ fragte Harry.

„Ebene 1 ist etwas Besonderes, diese Welt hat ein eigenes Flair. Dort sind alle Erfahrungen sehr intensiv und ursprünglich, geradezu überwältigend. Aber Sie wissen das selbst am besten, Sie kommen von dort, wenn ich mich nicht irre. Sind Sie heute zum ersten Mal hier?“

„Ja, ich bin vorhin auf dem Platz dort drüben aufgetaucht und weiß nicht so recht, was ich hier soll“, sagte Harry zu dem Mann.

„Dann besuchen Sie am besten unsere Orientierungsveranstaltung. Den Flur hier rechts entlang, im großen Vortragssaal. Viel Spaß noch!“

Harry sah den Flur entlang und sagte „Danke“, aber der Mann hatte sich bereits einem anderen Besucher zugewandt.

Harry machte sich auf den Weg.

Der Vortragssaal war riesig. Er war fast bis auf den letzten Platz besetzt, aber Harry erspähte in einer der ersten Reihen einen einzelnen freien Sitz und ging nach vorn. Noch während er sich an den Leuten vorbeizwängte, wurde ein Scheinwerfer eingeschaltet, der die Bühne beleuchtete, und Harry beeilte sich, auf seinen Platz zu kommen.

Als er endlich saß, hatte sich auf der Bühne noch nichts getan. Überall im Publikum saßen Leute mit gespannten oder unschlüssigen Gesichtern und warteten darauf, daß etwas passierte. Es waren nur Menschen da, keine Außerirdischen, und Harry vermutete, daß sie von den Leuten am Empfang in einen anderen Saal geschickt wurden.

Als sich nach zwei Minuten noch immer nichts getan hatte, stieß Harry seinen Vordermann, einen Mann um die fünfzig, an und fragte: „Wissen Sie, was hier los ist?“

Der Mann drehte sich amüsiert um und antwortete: „Ich schätze, ich träume. Ich habe mich nach dem Essen zu einem Mittagsschläfchen hingelegt, und plötzlich stand ich vor diesem Gelände. Wissen sie, in letzter Zeit passiert es mir immer öfter, daß ich im Traum aufwache und weiterträume. Aber so etwas Verrücktes wie hier hatte ich noch nie. Träumen Sie auch?“

Harry überlegte. „Nein, ich bin tot", sagte er. „Ich glaube es zumindest. Ein Autounfall."
Der Mann nickte und erwiderte: „Ja, der Verkehr ist heutzutage ziemlich gef..."
Ein Raunen ging durch die Menge, als ein Mann auf die Bühne ins Scheinwerferlicht trat. Die kurzen Haare und das kantige Gesicht konnten genausogut einer Frau gehören, dachte Harry. Es kam ihm so vor, als hätte sie Ähnlichkeit mit Yo. Er oder sie trug einen Overall wie die anderen Leute des Traumstudios, aber ihrer war schwarz und die Bestickung goldfarben.
Sie wartete, bis auch der letzte im Saal gemerkt hatte, daß sie da war, und begann mit einer Stimme zu sprechen, die bis zur letzten Reihe klar zu hören war und die jeden im Raum sofort in ihren Bann zog. „Es ist nicht Yos Stimme", dachte Harry, „aber trotzdem kenne ich sie."
„Guten Tag, meine Freunde, oder besser guten Abend, denn für viele von euch ist es gerade Nacht. Seid willkommen im Traumstudio. Ich hoffe, ihr seid gut angekommen. Bitte wundert euch nicht, der erste Besuch hier ist immer ein wenig verwirrend.
Ich würde mich gern vorstellen, aber ich habe so viele Namen, daß meine Vorstellung länger dauern würde, als ihr Zeit zu leben habt. Nennt mich einfach, wie ihr wollt. Vielen von euch werde ich sowieso bekannt vorkommen."
Sie wartete einen Augenblick, bis sich das Gemurmel im Saal gelegt hatte, und sprach dann weiter.
„Das ist ganz natürlich, denn wenn ihr hier seid, hattet ihr bereits Kontakt mit mir. Nicht direkt mit mir, denn ich bin ein Kern-Bewußtsein, und wir Kern-Bewußtseine sind selten auf Ebene 1. Ihr hattet Kontakt mit einer meiner vielen Persönlichkeiten. Vielleicht sehe ich einem eurer geistigen Vorbilder ähnlich, einem Guru oder einem Lehrer oder einer Person, die ihr im Traum getroffen habt. Meine Persönlichkeiten sind Sprecher, und ihre Aufgabe ist, den Menschen das Wissen zu bringen.
Ihr werdet euch fragen, was das bedeutet und wie ihr hierhergekommen seid. Es gibt viele Wege hierher; die meisten von euch kommen im Traum, andere in der Meditation oder mit Hilfe von Drogen. Aber ihr seid nun hier, und nur das zählt.
Bevor ich euch erkläre, wieso ihr hier seid und was ihr hier tun sollt, muß ich euch ein wenig über die Welt erzählen, aus der ihr kommt. Die Erde, wie ihr sie kennt, ist einer der innovativsten Plätze in der physischen Welt. Wir sind hier auf Ebene 2, in der geistigen Welt, aus der die physische entspringt.

Hier wird der Rahmen abgesteckt, in dem sich das Leben auf Ebene 1 entwickelt. Hier werden die kleinen Ereignisse des täglichen Lebens entworfen, und hier werden Rassen und Zivilisationen geboren. Ebene 2 ist die Quelle der Visionen, die auf Ebene 1 verwirklicht werden. Aber es ist nicht etwa ein mächtiger Herrscher, der nach Lust und Laune Glück oder Verderben über die Menschen bringt, sondern ihr selbst seid diejenigen, die die Welt in Händen halten, und zwar ihr alle, egal ob ihr gerade hier seid oder nicht.
Ein Teil der Menschen weiß nichts von Ebene 2, aber sie haben Vorstellungen von der Welt, und das beeinflußt die Gruppen, die hier die großen Ereignisse planen. Niemand kann von Ebene 2 aus etwas in Gang setzen, wenn es nicht auf fruchtbaren Boden fällt.
Ihr, die ihr heute zum ersten Mal hier seid, gehört nun zu einer anderen Gruppe. Ihr kommt ab jetzt regelmäßig im Traum hierher und entwerft die Ereignisse für euer Leben, allein und in Gruppen. Ihr steuert damit selbst, individuell und miteinander, euer Leben auf Ebene 1 mit dem Ziel, Entwicklungs- und Entfaltungsmöglichkeiten zu schaffen und das Wissen, das hier vorhanden ist, auf die Erde, in euer Leben zu bringen.
Ihr habt inzwischen genug von den Mechanismen der Welt verstanden, um nicht mehr der Spielball eurer unterbewußten Vorstellungen zu sein. Ihr könnt euer Leben ab heute viel bewußter steuern als früher. Vorläufig zwar nur von hier aus, denn auf Ebene 1 werdet ihr erst nach und nach die Dinge lernen, die ihr hier erfahrt, denn wenn ihr zurückkehrt, wieder in der physischen Welt aufwacht, werdet ihr die Erlebnisse hier vergessen haben.
Aber irgendwann werdet ihr das unerschütterliche bewußte Wissen mitnehmen, daß euer Leben von euch selbst gesteuert wird. Dieses Wissen wird euch auch auf Ebene 1 zur Verfügung stehen, und dann werdet ihr erkannt haben, daß die Trennung zwischen Ebene 1 und Ebene 2 nur eine Illusion ist.
Dann seid ihr selbst Sprecher."
Die Frau machte eine Pause und ließ ihre Worte wirken. Niemand im Saal rührte sich. Niemand sprach ein Wort. Alle waren beeindruckt und sahen mit großen Augen zur Bühne.
„Ich selbst bin auch ein Sprecher, aber ich bin ein Sprecher für die anderen Sprecher. Ich habe wenig Erfahrung mit Ebene 1, denn ich führe nur ein einziges Leben in der physischen Welt, um mit den Sprechern dort in Kontakt zu bleiben. Ich konzentriere mich auf Ebene 2 und weitere Ebenen, die jenseits eurer Vorstellungskraft liegen. Die anderen Sprecher haben viele physische Leben, sie leben wirklich auf Ebene 1. Sie kennen eure Sorgen und Nöte, eure Wünsche und Hoffnungen, und

sie können euch unendlich viel besser helfen, als ich das kann."
Sie machte wieder eine kurze Pause und fuhr dann fort: „Darum laßt mich ein wenig über Alles-Was-Ist sprechen, über das, was ihr Gott oder Universum nennt.

Alles-Was-Ist ist kein Wesen, keine Persönlichkeit. Alles-Was-Ist umfaßt alles, was ist, euch, mich, jedes Bewußtsein; sei es ein Atom, ein Sandkorn, ein Berg, eine Galaxie oder etwas, für das ihr weder Worte noch Vorstellungen habt. Alles-Was-Ist reflektiert über sich selbst, aber es weiß nichts über seinen Ursprung.

Das einzige, was Alles-Was-Ist über seine Herkunft weiß, ist, daß es früher einfach war und gleichzeitig nicht war. Am Anfang war nur pures Sein. Niemand weiß, woher es kam, weshalb es da war oder ob diese Fragen einen Sinn haben. Es war damals nirgends und nie, denn es gab weder Raum noch Zeit. Und es war nichts, denn es war ohne Form und Gestalt. Wenn Alles-Was-Ist seinen damaligen Zustand richtig versteht, dann gab es damals nichts von dem, was wir heute kennen. Reines Sein ohne Form ist für uns nicht mehr vorstellbar. Alles-Was-Ist war, aber es gab nichts, was es war. Es floß keine Energie, es gab keinen Austausch, es gab nichts, was hätte fließen oder ausgetauscht werden können. Das einzige, was war, war ein Bewußtsein. Dieses Bewußtsein war sich nur des Seins bewußt und tat nichts. Es gab kein Tun und kein Wollen, keinen Antrieb, denn alles schien perfekt. Wir vermuten, daß es die Möglichkeit zum Tun gegeben hat, aber ohne Willen war sie nutzlos.

Es macht keinen Sinn zu fragen, wie lange das so war, denn es gab keine Zeit. ES war unendlich groß und unendlich klein und dauerte unendlich lange und unendlich kurz.

In allen Ebenen des Universums, die wir kennen, gibt es die fünf großen Prinzipien: Die Freude an der eigenen Existenz. Der Drang, die eigenen Lebensumstände immer weiter zu verbessern, sich zu entfalten und immer neue und komplexere Formen zu erschaffen. Das Prinzip der Kooperation und gegenseitigen Anziehung von Bewußtseinen mit gleichen Zielen. Den Wunsch, die Welt zu verstehen, und die Freiheit des Handelns. Woher diese Prinzipien kommen, weiß niemand, aber sie halten das Universum, wie wir es kennen, zusammen. Die kleinsten wie die größten Bewußtseine des Universums unterliegen ihnen.

Diese Prinzipien sind miteinander eng verknüpft, und sie sind wahrscheinlich schon dagewesen, als Alles-Was-Ist noch nichts von sich und seinen Möglichkeiten wußte.

Irgendwann muß es im Sein ein Ungleichgewicht gegeben haben, eine winzige Unzufriedenheit. Es kam der Drang, sich auszudrücken, Form anzunehmen. Dieser erste Drang ist die Wiege des gesamten Univer-

sums. In dem unendlich kurzen Augenblick, als Alles-Was-Ist erkannte, wie es sich ausdrücken kann, entstand aus dem Nichts das Universum. Alles-Was-Ist drückte sich unendlich oft in der einfachsten, grundsätzlichsten Form aus, die es überhaupt gibt. Diese Form ist das Elementarteilchen des Universums, ein Mikrobewußtsein, der kleinste mögliche Ausdruck der fünf Grundprinzipien.
Diese Mikrobewußtseine suchten sofort neue Ausdrucksmöglichkeiten und erschufen miteinander immer komplexere Seinsformen, nichtphysische und physische. Einige schlossen sich zu den subatomaren Teilchen zusammen, die ihr kennt, kombinierten sich weiter und bildeten die Elemente. Diese neuen Formen, die Elemente, suchten nach neuen Seinsformen und bildeten komplexe Moleküle. Die Moleküle verbanden sich zu organischen Formen und schufen Lebewesen auf immer höherem Niveau.
Nur wenige Menschen auf der Erde verstehen die große Kooperation zwischen allen Teilchen und Spezies, die zusammen das Erdenbewußtsein formen. Nicht Konkurrenz und gegenseitige Ausrottung bestimmen die Erdentwicklung, sondern Kooperation.
Jedes Bewußtsein verwirklicht sich selbst, findet auf seiner Stufe neue Ausdrucksmöglichkeiten und ist gleichzeitig Teil von unendlich vielen höherentwickelten Seinsformen. Jede Zelle verwirklicht sich selbst und trägt mit anderen zum Leben eines Körpers bei, wie jeder Körper zum Sein einer Gesellschaft und eines Planeten beiträgt. Jedes Lebewesen gliedert sich in einem Kreislauf dort ein, wo es sich selbst entfalten kann und wo es gleichzeitig nutzt. Es lebt sein Leben, so gut es kann, und unterstützt mit seiner puren Existenz andere Seinsformen, die von ihm abhängig sind.
Alle tragen zum Sein von Alles-Was-Ist bei, und dieses Sein ist so unendlich viel anders als früher. Es wird wahrscheinlich nie ein Endstadium erreichen, denn es gibt immer wieder neue Formen und neue Versionen von alten Formen, und Alles-Was-Ist ist sich all seiner Formen bewußt, von der größten bis zur kleinsten. Es ist kein Ende abzusehen. Im Gegenteil, jede neue Form bringt mehr Möglichkeiten hervor als die vorherige, so daß wir, wenn es das gibt, erst am Anfang stehen.
Alles-Was-Ist ist das allumfassende Rahmenwerk, in dem alles existiert und zu dem alles beiträgt. Das zu verstehen, bewußt zu immer größeren Lebensformen beizutragen und euch nahtlos in den großen Kreislauf einzufügen, ist eure Aufgabe. Euer nächstes Ziel wird sein, euch mit eurer Zivilisation und mit euren Planeten so verbunden zu fühlen, wie ihr es jetzt mit eurem Körper tut. Verwirklicht euch selbst, und tragt zu dem großen kooperativen Unternehmen namens Erde bei!“

Bei den letzten Worten wurde der Raum langsam dunkler. Die Stimme wurde leiser und war kaum noch zu hören: „Kehrt jetzt auf Ebene 1 zurück. Wenn ihr wieder hierher kommt, gibt es viel für euch zu tun."
Das war die Gelegenheit, auf die die kleine Idee, die in Harrys Bewußtsein gewachsen war, gewartet hatte. Bevor Harry verstand, was passierte, machte es „Plop", nur war es diesmal lauter als sonst.

Harry schreckte auf. Er hatte gerade gedankenverloren in die Landschaft geguckt, als er ein seltsames Geräusch hörte, ein dumpfes „Klack" oder eher ein „Plop". Er kannte alle Geräusche, die sein zwölf Jahre alter roter Fiat von sich gab, aber dieses war neu.
Sicherheitshalber wurde er langsamer. Vor einem Jahr hatte er bei Tempo 120 einen Motorschaden gehabt, eine Erfahrung, die er nicht noch einmal machen wollte. Er war sowieso schon zu spät dran, und einige Minuten mehr oder weniger würden nichts ausmachen.
Ein Stück voraus schoß ein dunkelblauer Porsche um die Kurve. Er hatte die Kurve geschnitten und befand sich halb auf Harrys Fahrspur. Hätte Harry nicht fünf Sekunden vorher dieses Geräusch gehört, wäre er sicher nicht langsamer geworden, und dann hätte ihn der Wagen, der gerade an ihm vorbeiraste, sicher gerammt. „Frau am Steuer!" fluchte Harry und griff nach dem Kugelschreiber, der zusammen mit einem Block am Armaturenbrett befestigt war. Er konnte das Nummernschild gerade noch erkennen, bevor der Porsche hinter der nächsten Biegung verschwand. „J-OE 911" schrieb er auf seinen Block und steckte den Stift zurück in die Halterung.
Als Harry selbst um die Kurve fährt, passiert es. Er ist sicher, die Situation schon einmal erlebt zu haben, das klassische Déjà-vu-Erlebnis. Es ist wie ein Schock. Er fährt halb in Trance weiter, während er gleichzeitig das Gefühl hat, daß er von der Straße abkommt und durch die Büsche rast. Sein Leben läuft blitzartig wie in einem Film an ihm vorbei, und in seinem Bewußtsein öffnen sich Türen, die vorher verschlossen waren. Sein rechter Fuß tritt selbständig auf die Bremse, Reifen quietschen, und sein Wagen kommt tatsächlich von der Fahrbahn ab. Erinnerungssplitter aus einer anderen Welt fliegen wie in einer Explosion an ihm vorbei. Sie sind zu klein, zu groß, zu anders, als daß sein Gehirn sie fassen könnte, aber sie fallen trotzdem, unbemerkt, auf fruchtbaren Boden. Das Auto stellt sich quer, überschlägt sich, landet krachend auf den Rädern, zwei Reifen platzen mit lautem Knall, dann ist es still.

Nach einer Weile öffnet Harry die Augen.
Benebelt von dem Schock, löst er den Sicherheitsgurt, öffnet die Tür, steigt aus und macht einige unsichere Schritte. Er setzt sich ins Gras, läßt sich rückwärtsfallen und starrt mit leerem Blick in die Wolken, die aussehen wie weiße Mäuse. Irgendwo spielen himmlische Chöre Rockmusik, Schachfiguren wachsen auf Bäumen und alle getigerten Katzen der Welt fliegen in einem Pottwal zu einem fernen Planeten, um dort ein neues Leben zu beginnen.

Epilog

Der Notarzt, der in wenigen Minuten eintreffen wird, wird Harry untersuchen und einen schweren Schock diagnostizieren. Harry wird ins Krankenhaus gebracht werden, dort mehrere Tage lang schlafen, unruhig träumen und die Schwestern werden sich, wenn sie sich in der Pause unterhalten, fragen, wer Micha, Rayr oder Yo ist. Einmal wird Harry kurz aufwachen und einen Pfleger, der in der Nähe steht, ansehen und ihn fragen: „Können Sie mir sagen, wo es zu Halle 34 geht? Sie wissen schon, die Veranstaltung über neue Lebensinhalte."
Kurz vor seiner Entlassung aus dem Krankenhaus wird ihn die Polizei besuchen, und er wird zu Protokoll geben, daß er einem Reh ausgewichen und deshalb von der Straße abgekommen ist. Der Polizist wird Harry auch fragen, was es mit der Autonummer auf sich hat, die auf dem Zettel an seinem Armaturenbrett stand. Harry wird antworten, daß das unwichtig sei. Der Polizist wird noch beiläufig erwähnen, daß er den Halter des Wagens, eine junge Frau, besucht habe, weil der Verdacht bestand, daß sie etwas mit dem Unfall zu tun hat. Sie wird ihm klargemacht haben, daß sie Harry nicht kennt und daß sich der Polizist trollen solle, denn ein ungebetener Besuch pro Tag würde reichen.
An Tag darauf wird Harry zu Hause den Briefkasten ausleeren und beim Durchsehen der Post ein Päckchen ohne Absender finden. Es wird einen Brief enthalten, in dem die Absenderin erklärt, daß sie sich zwar sicher sei, nicht an seinem Unfall schuld zu sein, daß aber gerade eine gute Tat fällig sei und sie deshalb etwas Bargeld beigelegt habe. Der Brief wird mit einer Autonummer unterschrieben sein, und das Päckchen wird einen Geldbetrag enthalten, über dessen Höhe wir uns mit Rücksicht auf Harrys nächste Steuererklärung ausschweigen.
Harry wird sich wahrscheinlich von einem Teil des Geldes ein neues Auto kaufen. Außerdem sieht es ganz danach aus, daß ihn die Universität nicht mehr wiedersehen und er den folgenden Winter statt dessen in der Toskana verbringen wird, wo er sich vielleicht einen alten Traum erfüllt und ein Buch schreibt.

„Pinaruh"
216 Seiten, vierfarbig illustriert, ISBN 3-9801976-4-6
Pinaruh, der träumende Elf; Rosantha, die Rosenfee; Klimber, Flötenspieler und Bewohner der höchsten Baumwipfel; der Mondvogel und viele andere sind die zauberhaften Geschöpfe in diesem Märchen.
Verfolgen Sie die Abenteuer des Magiers Ranunculus Distel auf seinem Weg zum „verlorenen Paradies", das bevölkert ist von kleinen Wesen, die mit ihren Flügeln aussehen wie Schmetterlinge und mit ihren Kleidern den Blüten gleichen, in denen sie wohnen.
Ein unwiderstehliches Lesevergnügen für jung und alt.

„Vision des Herzens"
96 Seiten, ISBN 3-9801976-3-8
Ein Aufruf an die Menschen, innezuhalten und sich zu besinnen. Denn nur wenn wir uns selbst verbessern, verbessern wir die Welt. Andromeda, eine außerirdische Wesenheit, tritt in Kontakt mit Christian Capra, dem Helden dieser Geschichte, und konfrontiert ihn mit herausfordernden Wahrheiten des Lebens, und schließlich durch ihn mit der Menschheit eine „Vision des Herzens" zu teilen.
Eine fesselnde Erzählung von Tod, Ekstase und Wiedergeburt.

„Das Geheimnis der Mondblüte"
112 Seiten, illustriert, ISBN 3-9801976-6-2
Karin, die Heldin dieser phantastischen Erzählung, steht am Kreuzweg. Sie ist von einem starken Verlangen erfüllt, ihrem Leben eine Wende zu geben. Da wird sie auf geheimnisvolle Weise in den Bann der Nacht gezogen und verwickelt sich in deren Fängen. Es beginnt eine lebendige und magische Reise, auf der eine skurille Gestalt ihr hilft, das Geheimnis der Mondblüte zu lüften. Eine mitreißende Geschichte voll hintergründiger Weisheit und augenzwinkernder Komik.

„Der singende Berg"
64 Seiten, ISBN 3-9801976-7-0
Im Laufe der Geschichte der Menschheit wurden viele geheimnisvolle Legenden geschrieben. Diese ist die älteste von allen.
Die ersten denkenden Menschen berichten an den heiligen Felswänden ihrer Höhlen von einem Mädchen, das ihnen und damit auch uns die Sprache gegeben hat. Ihm wird diese Gabe von einem uralten Volk geschenkt.
Einem Volk, das seit dem Beginn aller Zeiten auf Erden lebte. Ihre Kräfte waren wundersam, da sie die gewaltigen Mächte des Universums für sich zu nutzen verstanden.
Für alle, die bildreiche einfühlsame Erzählungen lieben, ist dieses Büchlein ein echtes Kleinod.